U0154035

香草美人的召喚

臺灣香奩體 的
風雅話語 與 詩歌美學

1816——1945

余育婷 著

政大出版社
Chengchi University Press

本書經國立政治大學出版委員會
人文學門之編輯委員會審查通過

國家圖書館出版品預行編目(CIP)資料

香草美人的召喚：臺灣香奩體的風雅話語與詩歌美學
(1816-1945) / 余育婷著. -- 初版. -- 臺北市：國立政治
大學政大出版社, 2022.08
　　面；　公分
　　ISBN　978-626-95670-9-6（平裝）

1.CST: 臺灣詩　2.CST: 詩評　3.CST: 臺灣文學史

863.091　　　　　　　　　　　　　　　　111013672

香草美人的召喚：臺灣香奩體的風
雅話語與詩歌美學（1816-1945）

作　　　者｜余育婷

發 行 人　李蔡彥
發 行 所　國立政治大學政大出版社
出 版 者　國立政治大學政大出版社
執行編輯　林淑禎
地　　址　11605臺北市文山區指南路二段64號
電　　話　886-2-82375669
傳　　真　886-2-82375663
網　　址　http://nccupress.nccu.edu.tw

經　　銷　元照出版公司
地　　址　10047臺北市中正區館前路28號7樓
網　　址　http://www.angle.com.tw
電　　話　886-2-23756688
傳　　真　886-2-23318496
郵撥帳號　19246890
戶　　名　元照出版有限公司

法律顧問　黃旭田律師
電　　話　886-2-23913808

初版一刷　2022年8月
定　　價　240元
I S B N　9786269567096
G P N　1011101271

政府出版品展售處
• 國家書店松江門市：104臺北市松江路209號1樓
　電話：886-2-25180207
• 五南文化廣場臺中總店：400臺中市中山路6號
　電話：886-4-22260330

尊重著作權・請合法使用
本書如有破損、缺頁或倒裝，請寄回更換

目　次

自序

　　臺灣香奩體的研究，對我來說是一個很有趣的議題，但令人苦惱的是它也很容易受到懷疑——香奩體的研究有意義嗎？我想，如果意義有輕重之分，那麼香奩體在很多人的眼中，似乎缺乏「重要」意義，例如遺民、抵抗、認同、現代性……等等。然而，它果真沒有嗎？事實上，它還真有這些重要意義。只不過，這些意義都隱藏在豔情的面具下，使它看起來媚俗又膚淺，似乎毫無意義、不值一提。弔詭的是，部分的臺灣文人正是故意用風花雪月來掩飾內心志節，特別是在日治時期。可惜隨著香奩體廣為流行後，讀者不一定明白志節所在，倒是浮豔文字看得清清楚楚，時人的傳誦、模仿，乃至大量社交應酬的結果，使得臺灣香奩體益發媚俗，離所謂的重要意義更加遙遠。

　　臺灣文人對香奩體的評論，不論是嚴厲批評，或是多有維護，都反映日治時期香奩體盛行的事實。臺灣文人書寫香奩體的策略十分迂迴，他們沒有忘記抵抗，香草美人的文學傳統，在在指向遺民心境。當這些被視為不入流的豔詩大量刊登在報紙雜誌上，難免引來批評與改革聲浪，但臺灣文人依然疾呼「遊戲文章不可輕」。香奩體意義的輕重之辯，早在日治時期就已浮現。

　　回顧臺灣香奩系譜，香奩體的存在本身就充滿矛盾。從最初的建構風雅、到後來解構、重構風雅，抵抗的核心幾經轉變，看似消解不見之際，驀然回首卻又發現它從未遠離，最終更證成香奩體的意義所在。其實，當臺灣香奩體的研究到了最後階段，我益發覺得香奩體的意在言外，乃至引人詬病的浮豔、趣味、媚俗，反而使它的價值與意義不斷地

延宕，雖讓漢詩脫離了過往的菁英文化與高雅藝術，卻也回應了臺灣漢詩與現代性的可能。

　　這本書雖是近年開始構思撰寫，但問題意識的生發早在撰寫碩論之時。當時研究臺南詩人施瓊芳，看到《大屯山房譚薈》評價施瓊芳「為文根於經史，時豔不屑也。詩有晚唐風格，牧之、飛卿兼而有之。」內心深感疑惑。施瓊芳一生方正守禮，留下的多是雅正詩歌，為何後世讀者看待他的詩卻是著重在那少許的「晚唐風格」之詩？這個疑惑一直到我完成臺灣香奩體的研究才找到答案。在這段漫長的過程中，我也領悟到，很多問題的答案，包括人生面臨的各種選擇，都需要時間還有努力才能明白。書中的各章論文，都曾先行發表在期刊上，為了完整表達本書意旨「香草美人的召喚」，我增補導論且修訂各章文字，使之相互連貫並呼應主旨。

　　回憶初到輔大之際，一開學便誕下雙胞胎，那段極度疲憊的日子，幸好有父母慨然伸出援手，幫忙我們夫妻二人度過初期的艱辛。往事種種，歷歷在目，心中充滿感恩。小時候感受最深的是母親的慈愛與父親的嚴格，但父親去世後的這幾年，回想起的常常是父親無私給予的畫面。父親白手起家，一生勤儉，不過對家人永遠大方。我能心無旁鶩地讀書並找到一個安身立命的所在，都要歸功於父母無條件的支持與經濟上的付出。

　　謝謝美娥老師的勉勵與愛護，謝謝同門學弟以衡與諸多好友的相互打氣，更謝謝丈夫雋弘的支持關懷，還有我最愛的雙胞胎女兒給予我的甜蜜笑容與真情擁抱。每當她們說最愛是媽媽時，內心深處不禁感謝上天的恩賜讓我能擁有她們。

　　本書得以出版要感謝諸多匿名審查人的寶貴建議，所有的指正都是我前進的動力。最後，對於政大出版社林淑禎小姐的細心編輯，致上最深謝忱。

余育婷

2022 年 1 月

Chapter 1

第一章
導論

一、臺灣香奩體的意義

我亦傷時有淚吞，一腔熱血匪溫存。聊將鐵石心腸事，寫付梅
花作斷魂。[1]

　　1895 年乙未割臺，臺灣風雲變色，富有抗日精神的洪棄生（1866-
1928）寫下大量香奩體，編為《壯悔餘集》。為了擔心後人誤讀這些綺
情詩作，詩人開宗明義告訴讀者，詩歌有言外之意，意在抵抗。究竟臺
灣香奩體承載了什麼寄託？為什麼贏得「臺灣詩史」美譽的洪棄生會選
擇香奩體作為抒情的管道？而香奩體又在臺灣詩壇引發什麼樣的文學現
象？要瞭解這一切，還得回到乙未前後臺灣古典詩的時空背景看起。

　　臺灣古典詩，在經歷清領臺灣 212 年漫長的起始階段，到了日治
時期，詩歌發展幾乎攀上了頂點。不論什麼階層，人人都有吟詩的興
致，以致詩社林立，文風大盛，一時間臺灣儼然成為一座詩人島。然
而，也是在此時，風花雪月的綺豔詩廣泛流行蔚為風潮。這股綺豔華美
詩風影響之大，令人無法忽視，臺灣文人普遍用一個傳統術語──「香
奩體」來指稱它。「香奩體」一名，來自晚唐詩人韓偓《香奩集》。原
本「香奩」特指女性梳妝用的鏡匣，韓偓以此命名自己的詩集，意在彰

1　洪棄生〈寄情〉十首之五，收入《壯悔餘集》。施懿琳主編：《全臺詩》第 17 冊
　（臺南：臺灣文學館，2011），頁 408。

顯自己大量書寫美人風華的創作傾向。[2]而後宋人嚴羽在《滄浪詩話・詩體》中有「香奩體」，注云：「韓偓之詩，皆裾裙脂粉之語，有《香奩集》。」[3]專指「裾裙脂粉之語」，而「香奩體」也被歸屬在中國傳統的「豔詩」範疇中。

　　細察臺灣古典詩的語境，施士洁（1853-1922）〈覽古〉：「韓偓集香奩，不必麗以則；孤忠世豈知？所願清君側。」[4]說明香奩體隱藏志節，未必全是豔情。而吳德功（1850-1924）《瑞桃齋詩話》，更清楚說明了香奩體的特色：

> 無題詩與香奩異。李義山之詩，無題詩也；韓冬郎（偓）之詩，香奩詩也。蓋無題之什，不必盡寫情懷；而香奩之篇，則竟作膩語，至閒情風懷，則指實事矣。[5]

吳德功指出無題詩與香奩體的差異，在於無題未必全是男女情懷；而香奩體則是通篇「膩語」，尤其寫男女閒情風懷之處，往往是意有所指，非單純豔情。由此來看，「香奩」一語，除了實指韓偓香奩體，還包括別有寄託的豔詩。這段文字看似說明了無題詩與香奩體的差異，但實際上，李商隱的無題詩儘管常被視為別有寄託，卻也屢屢被歸入豔詩範疇。換言之，無題與香奩同樣都屬於豔詩，也都有「寄託」作為言外之意，兩者之間最大的區別，在於香奩體「竟作膩語」，也就是文字纖巧、輕柔、綺麗的程度，遠勝於無題詩。

　　關於「香奩」一語，連橫（1878-1936）也常常提及。連橫曾經自

2　若追溯源流，韓偓香奩體的書寫脈絡可上溯南朝宮體，一如韓偓在《香奩集》自序所言：「遐思宮體，……柳巷青樓，未嘗糠粃；金閨繡戶，始預風流。咀五色之靈芝，香生九竅，咽三危之瑞露，美動七情。」參閱〔清〕董誥等奉敕纂修：《欽定全唐文》（臺北：華文書局出版，1965），卷 829，頁 11012。

3　〔宋〕嚴羽著，郭紹虞校釋：《滄浪詩話校釋》（臺北：里仁書局，1987），頁 69。

4　施懿琳主編：《全臺詩》第 12 冊，頁 5。

5　吳德功著，江寶釵校註：《瑞桃齋詩話》（臺北：麗文文化事業有限公司，2009），頁 119-120。

述年輕時的創作經驗：「少年作詩，多好香奩，稍長便即舍去。」[6] 所謂「香奩」，是泛指廣義的豔詩。又，連橫曾教王香禪（1886-？）作詩：「余謂欲學香奩，當自《玉臺》入手，然運典構思、敷章定律，又不如先學玉溪，遂以義山集授之。香禪讀之大悟，繼又課以《葩經》，申以《楚辭》，而詩一變。今則斐然成章，不減謝庭詠絮矣。」[7] 其「香奩」的脈絡源流，上溯李商隱詩歌、《玉臺新詠》，乃至《詩經》、《楚辭》。循此，可以看到臺灣文人是瞭解「香奩體」等同於廣義的「豔詩」，卻比較偏愛「香奩」一詞，且認為「香奩」能進一步指涉詩騷精神，非僅僅單純男女豔情。但，仔細說來，古人對「豔詩」的標準很寬，凡描述與女性相關的詩作常常被視為「豔詩」。因此中國學者余恕誠看待「豔詩」，便改以「綺豔詩」一詞取代傳統「豔詩」的名稱，並定義如下：（1）愛情，包括夫婦、悼亡，以及正式婚姻關係以外的豔情。（2）宮怨、閨怨，包括「擬」、「代」的怨情詩。（3）帶有愛情和脂粉氣息的寫景、詠物。（4）香草美人式的託寓之作。[8] 余恕誠所界定的綺豔詩意涵，與臺灣香奩體的指涉幾乎雷同，為了更貼近臺灣古典詩的歷史語境，本書用「香奩體」一名泛指臺灣文人筆下廣義的豔詩，而其界定範疇則是余恕誠為「綺豔詩」所下的定義。[9]

日治時期的臺灣詩壇，在經歷乙未割臺的創痛後，原本在清末就已

6　連橫：《臺灣詩薈·餘墨》第 2 號（1924 年 3 月），收於《連雅堂先生全集·臺灣詩薈》上冊（南投：臺灣省文獻委員會，1992），頁 100。

7　連橫：《雅堂文集》（南投：臺灣省文獻委員會，1992），頁 266-267。

8　參閱余恕誠：《唐詩風貌及其文化底蘊》（臺北：文津出版社，1999），頁 143-144。

9　筆者最初翻閱日治時期臺灣詩話、論詩詩、序文、評論時，發現處於香奩風潮下的臺灣文人，在閱讀前人及同時代詩人的詩作，使用「香奩」二字時，未必全是負面意義。且「香奩」範圍涵蓋甚廣，有時文字綺麗，但內容不涉豔情的詩作，也被歸入香奩體。例如曾被連橫點名學習香奩體的王香禪（1886-？），其留下的詩作多是以綺詞麗句來寫景抒懷，沒有涉及豔情，可是這些詩作確實屬於香奩體。這樣的文學現象，使筆者一再思索香奩體的意義範疇，最終採用余恕誠綺豔詩的定義，並逐步瞭解這樣的閱讀與接受，其實還反映了日治時期對華美詩風的追尋。

流行的香奩體，不僅沒有因改朝換代而削減光芒，反而大放異彩。不論是詩人的個人創作，還是擊缽競賽、交際酬酢，常常能看到香奩體的身影。更有甚者，隨著乙未之後臺灣文人的去留，這股綺豔詩風透過社交酬唱甚至吹往南洋，[10] 而追根究柢，綺豔詩風的源流，不能忽略臺灣。香奩體因表面書寫豔情，內容無關國計民生，看似沒有價值又不登大雅之堂故而屢受忽視，但其數量之多，風行之盛，已是日治時期臺灣詩壇一個不可忽視的文學現象，實有被探索的必要。正因如此，香奩體為什麼會在臺灣詩壇流行這麼久？從清末到日治一直盛行不衰？便成為一個值得深究的問題。

　　過去臺灣古典詩的研究，甚少留意到「香奩體」，箇中原因，在於香奩體裡有太多的「豔情」與「遊戲」，使它不容易被儒家正統詩學所接受，常常處在一個非主流的詩歌位置。然而香奩體在臺灣詩壇引發諸多文學現象，很難以「豔情」、「遊戲」來概括它。那麼，到底該如何看待臺灣香奩體？尤其是在日本殖民統治、新文明不斷引入、舊傳統屢受挑戰的日治時期？對此，筆者想借用德希達 (Jacques Derrida,1930-2004)的解構概念，來重新思考臺灣香奩體在文學場域中的位置與意義。

　　德希達認為文字是一種符號，符號本身沒有意義，但符號在書寫過程中會延伸出「差異」，然而西方文字中的「差異」不足以正確表達「差異」，所以他用「延異」（differance）一詞，說明符號的本質是書寫過程中「產生差異的差異」。「延異」隱含著某種延緩、延宕。德希達透過「延異」來解構西方傳統知識論，認為書寫的文字本身就是一個待閱讀、待詮釋的新生命體。[11] 一如德希達強調的，「解構的責任自然是盡

10　最明顯的例子，便是許南英（1855-1917）。1895 年之前在臺灣就喜歡也創作香奩體，《詩畸》留下不少他與施士洁、丘逢甲的香奩體，乙未之後到南洋固然為生活所迫流離各地，但仍有吟風弄月之作，風情依舊。

11　德希達強調書寫文字的差異性特質，且將此差異性當成是一種可能的差異化生命體，「首先，『產生差異的差異』有所保留的（主動和被動的）運動，而這種運動是透過延緩、移轉、遲延、回還、迂迴和推遲的過程。」在德希達看來，「語言的

可能地轉變場域。這就是為什麼解構不是一種簡單的理論姿態，它是一種介入倫理及政治轉型的姿態，因此也是去轉變一種存在霸權的情境，自然這也等於是去轉移霸權。⋯⋯解構一直都是對非正當的教條、權威與霸權的對抗。」[12] 在清末到日治這段特殊的時空背景下，許多心懷遺民孤憤的臺灣文人寫下香奩體，寄託言外之意，傳達對日本殖民的抵抗與憂患。[13] 這一直被視為非主流的「香奩體」，在乙未之際卻又有著延

『能指』和『所指』表面上是兩種不同的因素，但實際卻是同一個符號。當傳統文化的語言用『能指』去表現『所指』的時候，實際是用在場的『能指』去表現不在場的『所指』；而當在場的『所指』直接呈現的時候，原來的『能指』卻變成不在場。」而此傳統知識價值體系，正是他所要批判的。因為德希達看到書寫文字差異化結構中，有再生無限差異化的可能性，因此，如果要探索這些文字和文本是如何寫出來的，應當要在原有文本書寫結構的差異化基礎上，結合閱讀者和詮釋者在新的歷史文化脈絡，賦予新的差異化可能。也就是要擺脫文本在當時當地所表現出來的「在場」結構，進而探討「在場」結構在其往後延緩過程中所可能呈現的一切傾向。參閱高宣揚：《後現代論》（臺北：五南圖書文化，1999），頁286、296-302；德希達（Jacques Derrida）著，張寧譯：《書寫與差異》〈人文科學論述中的結構、符號與遊戲〉（臺北：麥田出版社，2015），頁545-568。

12 德希達（Jacques Derrida）著，張寧譯：《書寫與差異》（臺北：麥田出版社，2015），頁21。德希達強調「『解構』根本就不是什麼傳統意義上的『方法』，而是使思想諷刺性地具體化，使某種思想脫離其固定的脈絡，從傳統邏輯和僵化的美學理論的約束中解脫出來，為其自由地實現『再創造』提供可能性。」參閱高宣揚：《後現代論》，頁442。

13 日治時期許多臺灣文人都曾寫過香奩體，除了本書專章討論的施士洁、洪棄生、連橫外，還有陳洛（1863-1911）、鄭家珍（1866-1928）、王松（1866-1930）、陳錫金（1867-1935）、張麗俊（1868-1941）、許夢青（1870-1904）、謝汝銓（1871-1953）、林朝崧（1875-1915）、林仲衡（1877-1940）、莊嵩（1880-1938）、蔡啟運（1862-1911）、王少濤（1883-1948）、吳子瑜（1885-1951）、王大俊（1886-1942）⋯⋯等人都有香奩詩作，其餘散見者多不勝舉，難以一一列舉。除了男性文人，臺灣女詩人也喜歡創作香奩體，莊嵩〈女詩人〉二首之一：「居然出口便成章，也逐騷人擊缽忙。⋯⋯」二首之二：「推敲獨擅香奩體，題詠頻登翰墨場。漫道句多脂粉氣，由來錦繡是心腸。」反映臺灣女詩人擅寫香奩體的現象。莊嵩〈女詩人〉，施懿琳主編：《全臺詩》第31冊，頁291。這些詩人們之所以書寫香奩體，有的寄託深意；有的逃避現實；有的是平日流連風月因而喜愛香奩體；有的是單純欣賞香奩體的綺豔風格；有的僅以香奩體社交應酬但平日少作此類詩；也有表面寄託深意但其實缺乏寄託者。因多數人沒有特別提及為何創作香奩體，

續漢文化的意義，使書寫者隱然成為文化遺民。他們透過香奩體表面的豔情，含蓄而模糊地傳達意在言外的香草美人之思，表達抵抗精神，回歸了風雅傳統。只不過，香奩體的模糊性，雖讓書寫它的文人能夠抒情言志，可另一方面，也是這份模糊性，讓香奩體的遊戲與豔情，又反過來消解漢詩的正當性，使得香奩體受到新文學家的批判與傳統文人的反省。[14] 由此來看，臺灣香奩體的本身，成了一種追尋文化道統，最後卻又失落文化道統的矛盾與荒謬。但，如果不從詩歌價值、詩歌優劣等傳統論述來看待香奩體，則臺灣香奩體的遊戲化、豔情化、社交化、通俗化，解構了儒家詩學的正統性，恰好凸顯了現代性的概念，提供進一步思考「香奩體與現代性如何可能」的問題。

　　日治時期的臺灣全面迎向現代，啟蒙、進步、現代、文明等詞語屢見不鮮，傳統文人對「現代化」洪流不可能無感。種種的堅持、抵抗、妥協、迎合、懷疑、接受，正好反映臺灣傳統文人面對殖民與現代所產生的焦慮，如影隨形，揮之不去。以洪棄生為例，他幾乎是最保守、也最反對現代文明的傳統文人，但也是在他身上，看見最堅定的遺民風骨。洪棄生以風雅論詩，意在抵抗日本殖民，卻又將香奩體的香豔綺麗與「風雅」劃上等號，同時大量寫作香奩體，表明豔詩另有言外之意。後人看重洪棄生寫實詩中的詩史精神，認為反映社會現實、抨擊日本暴政，甚少關注綺豔多姿的香奩體，但洪棄生的香奩體回歸風雅傳統，再現風騷精神，無疑是詩人的抒情與抵抗。另一個例子則是連橫。連橫身兼報人、詩人、史家，屢屢論詩論文批評時事。他維護傳統的同時，也

　　只能從作者生平、題目、敘寫口吻去推測，甚至透過同時代文人的詩話、序文去瞭解他們書寫香奩體的背景與動機。而詩話與序文提及臺灣香奩體，多半是正面肯定，且上溯詩騷精神。如施士洁、洪棄生、連橫、魏清德都是抱持這樣的看法。當然，流行既久，弊病也因此產生，連橫的批判正好反映香奩體的弊端。詳見第二、三、四章。

14　關於新文學家如何批評舊文人與香奩體，在新舊文學論戰中雙方的正面交鋒，已清楚說明。參閱翁聖峰：《日據時期臺灣新舊文學論爭新探》（臺北：五南出版社，2007），頁 299-333。

追求文明進步，並未與西方新思想脫軌，且極力從傳統中找尋文明，肯定傳統的現代價值。但其思想與實踐屢見矛盾，矛盾的所在，正是傳統與現代、同化與抵抗的糾葛。連橫撰寫《臺灣通史》凸顯變風變雅，詩集中大量的香奩體又屢屢召喚香草美人，然而風騷精神看似清楚卻又模糊，足見「風雅話語」已然衍異重構。

臺灣香奩體因別有寄託，在割臺之後廣受臺灣文人喜愛並大量創作，但寄託深遠飄渺，有時甚至了無痕跡。以清末頗負盛名的臺南進士施士洁來看，其擅寫香奩體是明確事實，儘管他賦予香奩體微言大義，但實際翻閱香奩詩作卻多是遊戲豔情。若非施氏本人現身說法，旁人難以得知。更有甚者，即便施氏已經自道香奩體別有深意，但是否真的能引起讀者共鳴仍有待商榷。由此能見香奩體的模糊化既在詩歌本身中，也在閱讀與詮釋的過程中。沒有閱讀與詮釋，香奩體的言外之意無法被發現，然而矛盾的是，香奩體的每一次閱讀與詮釋，都可能產生詮釋延異，因而消解了傳統詩論中心——風雅詩教、風騷精神。隨著詩社遍地開花，擊缽吟與課題詩的徵詩活動鼎沸不絕，乃至臺日的漢詩交流日益熱絡，在在促使詩歌本質轉變。而香奩體從最初建構風雅傳統到後來解構風雅傳統，不僅說明詩歌本質——風雅觀悄然改變，建構到解構的過程，實則也是現代性在香奩體身上的展現。

香奩體的現代性，尤其表現在遊戲與豔情的特質上，當詩歌朝流行、通俗、商業化靠攏，逐漸成為大眾休閒娛樂之際，現代性特徵——媚俗，也益發鮮明。[15] 儘管香奩體走到後來仍不斷召喚香草美人，但召

15　馬泰・卡林內斯基（Matei Calinescu）指出現代性有許多面孔，其中之一便是媚俗藝術。媚俗藝術能在高雅藝術領域內重現，一個重要因素便是媚俗藝術被用於反諷。「媚俗」是一個帶有貶義的詞，包含了壞趣味、平庸等特質，帶有娛樂性、大眾性。例如一個藝術品作為一種炫耀式的裝飾展示出來，藝術品雖仍是藝術品，但藝術品所扮演的角色便屬於媚俗藝術。參閱馬泰・卡林內斯基（Matei Calinescu）著，顧愛彬、李瑞華譯：《現代性的五副面孔：現代主義、先鋒派、頹廢、媚俗藝術、後現代主義》（北京：商務印書館，2002），頁242-254。透過這樣的角度思考，則臺灣香奩體本身的遊戲、豔情所帶來的娛樂性與通俗性，拉低了

喚的同時，實則也看到它離香草美人已經越來越遠。弔詭的是，就在香奩體似乎流為純粹的豔詩時，香草美人與風騷精神又若有似無地化為「寄託」緊隨而至。如1930年後，由傳統文人主編的通俗雜誌《三六九小報》、《風月》、《風月報》陸續發行。[16] 這些通俗刊物上刊載的漢詩，不乏風花雪月之作，搭配評豔活動、藝旦寫真等報導，莫不趣味濃厚，引人入勝，但傳統文人卻屢言豔情、遊戲、通俗中自有言外之意──即便讀者不易察覺。[17] 顯然風雅傳統在解構的同時，仍然意在抵抗，而豔色、趣味、通俗等特質，使詩歌脫離了原有的高雅藝術，卻也見證了去中心、抵殖民的現代性。

二、「香草美人」與「風雅話語」

本書從「香奩體」的視角出發，探討香奩體為何流行？如何流行？流行的結果為臺灣詩壇帶來怎樣的影響？又反映出怎樣的時代精神與審美取向？針對上述問題，以下分從「香草美人」、「風雅話語」兩個概念，論述臺灣香奩體「為何」及「如何」在臺灣古典文學場域中佔位。

　　詩歌原有的高雅藝術、菁英本質，儘管詩人屢言用香奩體來寄託抵抗，仍很難改變臺灣香奩體的媚俗感。

16　《三六九小報》由府城傳統文人成立（1930.9.9-1935.9.6）；之後大稻埕傳統文人主編《風月》（1935.5.9-1936.2.8），組織「風月俱樂部」；後改名為《風月報》（1937.7.20-1941.6.15）。《風月報》在1937年報刊漢文欄廢止後，是少數留存的漢文刊物之一。《風月報》後來又改名《南方》（1941.7.1-1944.1.1）、《南方詩集》（1944.2.25-1944.3.25），呼應日本國策並積極配合，因此一直未遭廢刊。《南方》、《南方詩集》雖然依舊刊登香奩體，但更多的是新文學作品，且花柳報導大幅減少，是以觀察通俗雜誌的範疇，大抵以《三六九小報》、《風月》、《風月報》為主。

17　例如王少濤（1883-1948）〈題風月報〉四首，其二：「自愛秋毫筆一枝，批風抹月托微詞。關懷都為匡王化，豈論雄文與小詩。」其三：「游戲文章不可輕，吟風弄月寄深情。長篇短句關家國，不為千秋立世名。」都能看出傳統文人雖寫遊戲、豔情，但仍不忘家國。參閱《風月》第14號，第3版「詞林」欄，1935年6月29日。又見施懿琳主編：《全臺詩》第35冊，頁419。

（一）香草美人

日治時期的臺灣古典詩，常常可見「香草美人」一詞，或逕用「香草」、「美人」意象，來表達言外之意、進行社交酬酢、甚至作為自我讚譽。而這種傾向尤其集中在香奩體，最後還連結到「楚騷精神」上。屈原不同流合污、自沉汨羅江的忠臣形象，在乙未之後顯得既貼切又遙遠，臺灣文人欽佩如此高潔的人格，但又被殖民統治的現實逼得不得不妥協。「香草美人」、「楚騷精神」所召喚的實是一種涵蓋人格與詩心的理想美學。

「香草美人」文學傳統源於屈原，《楚辭》中大量使用的「香草」意象與「美人」意象，到了後世成為無數作者表述隱微心志的手法，而讀者在此文化傳統的審美經驗下，也充滿默契地領悟出沒有明說的言外之意。那麼，香草美人的意象究竟是什麼？臺灣文人又是如何理解「香草美人」？

一般而言，香草美人的文學傳統有幾種特質：一、就創作意識來看，強調抒情自我；二、就表現技巧而言，特別著重比喻手法；三、就意象的代表意義而言，「香草」多象徵士大夫好修精神，「美人」多體現貶謫與不遇的政治失落感。所謂「香草意象」，來自《屈賦》中蘭、蕙、蓀、芷、杜蘅、芙蓉、薜荔……等香草，與惡草明顯對比，凸顯屈原的「好修」精神，象徵君子勤於護持自我品格與才能。至於美人意象則比較複雜，傳統上常以「美人」喻君，如王逸所言：「靈脩美人，以媲於君。」可是實際上，「香草」、「美人」作為一種政治倫理的符號，不只喻明君，還有賢臣、理想政治，甚至包括君臣遇合的情感等等。[18]

18　關於香草美人的特質、意義與源流發展，目前以吳旻旻《香草美人文學傳統》分析最為清楚，以上香草美人的文學特質，主要引用吳旻旻的論點。參閱吳旻旻：《香草美人文學傳統》（臺北：里仁書局，2006），頁16-41；康正果：《風騷與豔情：中國古典詩詞的女性研究》（臺北：釀出版，2016），頁78-82；廖棟樑：〈古代〈離騷〉「求女」喻義詮釋多義現象的解讀〉，《輔仁學誌》（人文藝術之部）第

此外，在《離騷》中，屈原等候的美人往往不至，愛情的落空暗示了政治上的失落，美人意象成為一種文化符碼，後世文人藉以抒發不遇之感。

如將視角放到臺灣古典詩的歷史語境中，「香草美人」作為一種思維模式，固然也有不遇、忠貞、好修、高潔等精神與品格的象徵，但共同點是投射出一個回歸風雅傳統的詩歌美學。回歸風雅的目的，並非僅是一單純的詩歌審美選擇，而是藉此突出孤臣孽子心。「風雅」所代表的傳統詩教精神，不只是一種強調溫柔敦厚的詩歌風格，其背後的美刺作用，以及延伸出來的忠君觀，在在說明「風雅」實有政治實用功能，以及道德感性之用。1895 年臺灣被割讓給日本，遭逢亡臺之痛的臺灣文人，寄情詩歌以遣悲懷，抒發遺民孤憤。於是，風雅正變的提倡，成為臺灣文人對日本殖民統治的一種精神抵抗，以「風雅」論詩更是日治臺灣詩壇的主流論述。

當「風雅」二字不斷與香奩體相提並論時，香奩體的深層價值——香草美人也就清楚可見。如臺南進士兼香奩體好手施士洁（1853-1922），在〈疊次韻答雁汀韻再答〉直接說：「美人在何許，癡想古夷光。試誦莘田句，吟箋草自香。好色本國風，騷人性不滅。所以屈靈均，字字芷蘭擷。草幽香可憐，香幽不可掇。⋯⋯」[19] 又如〈復女弟子邱韻香書〉「⋯⋯他如韓渥（應為偓）香奩、徐擒宮體，而愛國忠君之

---

27 期（2000 年 12 月），頁 1-26。廖棟樑：〈寓情草木：〈離騷〉香草論及其所衍生的比興批評〉，收入《李毓善教授任教輔大四十週年志慶論文集》（臺北：洪葉文化，2004），頁 321-354。要補充的是，吳旻旻表示「香草美人」濫觴於屈原的創作，但作為一種特殊的創作手法以及詮釋方式，到漢代才逐步清晰。王逸《楚辭章句》便是一例，而漢人擬騷中大量凸顯「士不遇」心理，也成為《楚辭》的固定閱讀模式之一。到了清代，香草美人的詮釋模式進入高峰，既廣為運用且成為普遍認知。此外，在魏晉南北朝，美人喻君已經式微，美人常用來指朋友。見吳旻旻：《香草美人文學傳統》，頁 3-236。

19　施懿琳主編：《全臺詩》第 12 冊，頁 359。

念，寄託遙深；其用典尤匪夷所思矣。」[20] 都是將香奩體視為「香草美人」的寄託。至於以「詩史」聞名的洪棄生，不僅在《寄鶴齋詩話》反覆論述香奩體為楚騷精神的一種，同時讚美清初福建詩人黃任（1683-1768）《香草箋》這部香奩集「出風入雅，色澤可愛，香豔宜人，無一俚俗淺率之處。」[21] 更寫下大量香奩體，直接表明「今日美人藏色相，當時騷客盡風流。莫將剩粉殘膏恨，併作閒香一例收。」[22] 同樣回歸「香草美人」文學傳統。

這樣從「香草美人」的視角來觀看香奩體，幾乎是 1895 年乙未割臺後，日治時期臺灣文人看待香奩體的時代共識之一。林仲衡〈題香奩集〉：「纏綿悱惻太多情，綺語何妨走馬成。傳出美人香草意，前身可是玉溪生。」[23] 肯定韓偓《香奩集》的同時，也賦予香奩體「香草美人」之思。林仲衡的看法與施士洁、洪棄生是一致的。此外，還有在臺灣文學史上影響力甚鉅的文人魏清德（1887-1964），其略述 1895 年後臺灣詩壇概況時，特別指出臺灣詩壇流行的是「繾綣惻怛，祖述〈離騷〉」[24] 的詩作，也就是有著香草美人之思的香奩體。然而，隨著時間日久，詩社林立，擊鉢吟盛行，香奩體的香草美人之思逐漸淡去，轉而成為鬥詩競賽的奪魁利器，藉以博取詩人的美名。影響所致，許多人以香奩體為學詩的門徑，競讀香奩體，更競寫香奩體，甚至連藝旦也以能讀、能寫香奩體為雅事，身價自是非凡。如此種種，使得臺灣詩壇蒙上一層綺豔色彩。

對於日治時期的香奩風潮，連橫很早便注意到其中的弊病，1924

---

20 施士洁：《後蘇龕合集》（南投：臺灣省文獻委員會，1993），頁 376-379。
21 洪棄生：《寄鶴齋詩話》（南投：臺灣省文獻委員會，1993），頁 50。
22 施懿琳主編：《全臺詩》第 17 冊，頁 407。
23 施懿琳主編：《全臺詩》第 29 冊，頁 328。
24 魏清德〈金川詩草序〉，收入黃美娥編：《魏清德全集》卷 4（臺南：國立臺灣文學館，2013），頁 152。關於魏清德這段序文的論述，詳見第三章第三節「豔情與寄託：日治時期的臺灣香奩風潮」。

年曾直接批評：「今之作詩者多矣，然多不求其本。《香草箋》能誦矣，
《疑雨集》能讀矣，而四始六義不識，是猶南行而北轍、渡江而舍檝
也。難矣哉。」[25] 清楚反映《香草箋》、《疑雨集》的流行，助長香奩體
的盛況；而香奩體的風行，又反過來促使初學者勤讀《香草箋》、《疑雨
集》，以作為社交應酬、博取美名之用。如此循環反覆，香奩體當中的
香草美人之思逐漸淡薄可以想見。有趣的是，連橫雖然批判香奩體帶來
的不良風氣，本身卻又愛好香奩體，更大量創作香奩體。然而，連橫的
香奩體畢竟與一般遊戲社交的香奩體有所不同，最大的區別仍是香草美
人意象的使用。他筆下的公子佳人，在在是自我的讚譽。由此，能瞭解
「香草美人」作為一種審美與思維模式時，不僅深化了臺灣香奩體的價
值，更是臺灣文人在殖民統治之下，對理想美學的召喚。

（二）風雅話語

　　風雅，是日治時期臺灣詩壇十分重要的詩論。當「風雅」作為一種
話語（discourse），則風雅的政教意涵在臺灣古典詩的場域中，承載了
權力、政治與文化實踐。隨著風雅話語不斷增殖和散播，話語運作過程
中所進行的較量和妥協，形成了一個權力的關係網絡，並回過頭來擴大
了風雅話語的意涵。而這個充滿權力論述的風雅話語，在臺灣香奩體中
脈絡分明。

　　風、雅，本指《詩經》中的國風、大雅、小雅。關於風雅詩教的意
涵，《詩大序》有清楚說明：

　　風，風也，教也，風以動之，教以化之。詩者，志之所之也，
　　在心為志，發言為詩，情動於中，而形於言，言之不足，故嗟
　　歎之，嗟歎之不足，故永歌之，永歌之不足，不知手之、舞

25　連橫：《臺灣詩薈》第 1 號，1924 年 2 月，收入《連雅堂先生全集・臺灣詩薈》
　　上冊（南投：臺灣省文獻委員會，1992），頁 28。

之、足之、蹈之也。情發於聲，聲成文，謂之音。治世之音，
安以樂，其政和。亂世之音，怨以怒，其政乖。亡國之音，哀
以思，其民困。故正得失，動天地，感鬼神，莫近於詩。先王
以是經夫婦，成孝敬，厚人倫，美教化，移風俗。故《詩》有
六義焉：一曰「風」，二曰「賦」，三曰「比」，四曰「興」，
五曰「雅」，六曰「頌」。上以風化下，下以風刺上，主文而譎
諫，言之者無罪，聞之者足以戒，故曰「風」。至於王道衰，
禮義廢，政教失，國異政，家殊俗，而變風變雅作矣。[26]

風雅詩教，是儒家詩學體系的根基，與「詩言志」的詩論系統關係密
切，所謂「詩言志，歌永言，聲依永，律和聲。」[27]是也。「詩言志」所
主張的是結合抒情與教化的政教之情，一如《詩大序》所云：「詩者，
志之所之也。在心為志，發言為詩。情動於中而形於言。」是以詩歌
有「正得失，動天地，感鬼神」的澎湃之情，也有「經夫婦，成孝敬，
厚人倫，美教化，移風俗」的教化之用，兩者相輔相成，不可分別。正
因「風雅」的基本精神不離政教，故有正、變的差異，當「王道衰，禮
義廢，政教失，國異政，家殊俗」時，而「變風變雅作矣」。這樣的政
治、文化意涵，一直為日治時期臺灣文人所延續。

　　1895年乙未割臺，臺灣文人的國族身分突然由「中國」轉為「日
本」，也是在此時，風雅詩論大量出現，從中不難看出意在言外的是遺
民孤憤。前述洪棄生的風雅論便是最佳例證。除了洪棄生之外，其他
文人也多述及風雅詩教的重要，如許天奎（1883-1936）《鐵峰詩話》：
「孔子曰：『詩三百篇，一言以蔽之曰：『思無邪』。夫在心為志，發言
為詩。情動於中而形於言，其正常少、其邪常多；此孔子所引以為戒

---

26 〔唐〕孔穎達疏：《毛詩注疏》，《十三經注疏》（臺北：藝文印書館，1997），卷1，
　　頁13-15。
27 〔唐〕孔穎達疏：《尚書・堯典》，《十三經注疏》（臺北：藝文印書館，1997），卷
　　3，頁46。

也。」[28] 所言亦是傳統詩教說。而連橫在《詩薈餘墨》：「帝舜曰：『詩言志，歌詠言，聲依永，律和聲』。古今之論詩者不出此語，而卿雲復旦之歌亦卓越千古，有虞氏誠中國之詩聖矣。」[29] 與許天奎一樣，全是風雅傳統的話語論述。此外，王松（1866-1930）的《臺陽詩話》同樣說明對風雅詩教精神的重視：

> 詩之為道，可以知人心之邪正、風俗之厚薄、時政之得失、國家之盛衰，頌揚譏刺，在所不廢；聞之者知儆，言之者無罪，故古有輶軒采風之制。然詩宜以溫柔敦厚為主，其頌之也勗其加勉，其刺之也望其速改，詞雖殊而存心則一……[30]

王松這則詩話，與〈詩大序〉相去不遠，更本於朱熹《詩集傳・序》，[31] 顯見其視溫柔敦厚的風雅傳統為詩歌本質。風雅詩論既是日治時期古典詩論的中心，也是臺灣文人對日本殖民統治的一種精神抵抗。而香奩體的大量創作，在男女豔情之外，投射出香草美人之志，則是臺灣文人對於風雅認識的書寫實踐。

　　前文已述，視香奩體為別有寄託之作，是日治時期臺灣文人的共識。不過，不能忽略的是，香奩體之所以蔚為風潮，除了香草美人的理想寄託外，同光以來擊缽吟的盛行亦關係密切。擊缽吟的盛行，使書寫香奩體成為博取詩名的一種手段，無形中也使得詩歌本質——風雅觀——產生質變，消解了傳統風雅詩教的意涵。試看曾笑雲（？-？）所

28　連橫：《臺灣詩薈雜文鈔》，收入《連雅堂先生集外集・臺灣詩薈雜文鈔》（南投：臺灣省文獻委員會，1992），頁 38。

29　連橫：《詩薈餘墨》，收入《連雅堂先生集外集・雅堂文集》（南投：臺灣省文獻委員會，1992），頁 266。

30　王松：《臺陽詩話》（南投：臺灣省文獻委員會，1994），頁 14。

31　陳昭瑛在〈儒家詩學與日據時代的臺灣：經典詮釋的脈絡〉一文中，有詳細論述說明朱熹《詩集傳》對臺灣傳統文人的影響。參閱陳昭瑛：〈儒家詩學與日據時代的臺灣：經典詮釋的脈絡〉，收入陳昭瑛：《臺灣儒學：起源、發展與轉化》（臺北：國立臺灣大學出版中心，2008），頁 225-258。

編的《東寧擊鉢吟前集》、《東寧擊鉢吟後集》，這是繼《臺海擊鉢吟集》後，收錄最廣的擊鉢吟作品集，先後在昭和9年（1934）、昭和11年（1936）出版問世。《東寧擊鉢吟前集》、《東寧擊鉢吟後集》有許多詠花、詠美人的作品，讀來輕柔軟膩，是典型香奩詩作。當香奩體的「豔情」不再與「風雅」明顯連結，反而成為擊鉢吟的常見題材時，連帶促使臺灣文人的風雅觀，從「風雅詩教」走向「風流社交」。

　　風雅意涵的轉變，除了在擊鉢吟可以看見外，臺灣竹枝詞的新變也反映了風雅話語的衍異。竹枝詞的風土書寫，源自中國采詩觀風的文學傳統，是清代臺灣一個與「八景」同樣重要的詩歌主題，到了日治時期，開始有所謂「新竹枝詞」出現。第一位寫下「新竹枝詞」者，便是乙未遺民詩人施士洁。施士洁的〈臺江新竹枝詞〉三十二首，曾在臺灣竹枝詞的研究上引發不同論調。[32] 有趣的是，〈臺江新竹枝詞〉儘管通篇豔情調笑，甚少述及遺民孤憤，但論者皆以為其詩豔中藏哀，投射乙未之後臺灣文人的抑鬱痛苦。

　　不論施士洁是否有意創新，日治時期的臺灣竹枝詞除了繼續書寫風土外，確實也開始雜染上豔情。如1910年臺中櫟社庚戌春會宿題〈臺中竹枝詞〉，一個傳統的風土題材，但趙鍾麒（1863-1936）、蔡啟運（1862-1911）、鄭登瀛（1873-1932）、鄭鵬雲（1862-1915）……等人卻

32　最早是1983年陳香編著《臺灣竹枝詞選集》：「施士洁此三十二首〈臺江新竹枝詞〉，細述句闌豔事，又屬大膽創格，使竹枝脫離樸質之野，邁向香奩幽徑。」之後1996年翁聖峰《清代臺灣竹枝詞之研究》：「清代竹枝詞大都寫客觀的風土，像施士洁、連雅堂的竹枝詞幾乎都是寫男女在勾欄之間的豔事，……這些是異於當代的竹枝詞而別創新調。」這樣的觀點，基本上與陳香的「大膽創格」說是一致的。到了2003年向麗頻重新探討這組詩，先以「臺江」是指福州，非指臺灣；其次以竹枝詞本為民歌，書寫食色享樂的作品早已有之，從中國竹枝詞的發展來看，不具創新意義，因此反對創新之說。以上參閱陳香：《臺灣竹枝詞選集》（臺北：臺灣商務印書館，1983），頁95；翁聖峰：《清代臺灣竹枝詞之研究》（臺北：文津出版社，1996），頁29；向麗頻：〈施士洁〈臺江新竹枝詞〉探析〉，《東海大學文學院學報》第44卷（2003年7月），頁204-221。

都描摹妓女舉止神態，轉寫男女豔情，不見質樸的竹枝詞風格。再如楊仲佐（1875-1968）〈春日雲卿女史來訪賦竹枝詞贈之〉十二首，雲卿女史是一位大稻埕藝旦，楊仲佐特別寫「竹枝詞」送給她，讚美她花容月貌、姿態可愛，傳達曖昧情意，但最後的轉折卻是「思量還是守吾真」，[33] 決定繼續獨宿網溪別墅。詩中的豔情與遊戲鮮明無比，可楊仲佐寫的是「竹枝詞」。更別提之後連橫〈臺南竹枝詞〉十九首，清楚道來臺南的風月文化，同樣是別開新徑的代表。由此可以看到，日治時期的臺灣竹枝詞，的確已經逸出清代臺灣竹枝詞的傳統。

　　過去，臺灣竹枝詞從郁永河寫下〈土蕃竹枝詞〉二十四首、〈臺灣竹枝詞〉十二首，開始了漫長的臺灣風土書寫，內容反映臺灣所有面貌，唯獨不涉豔情，保有「上以風化下，下以風刺上」的政教意涵。這樣的意涵到了日治時期，隨著香奩風潮襲來，竹枝詞有了新變，詩人繼續沿用竹枝詞的七絕形式與連章組詩，但內容改以豔情、遊戲取代，甚至用來社交應酬。相似的情況，還有通俗雜誌上的香奩體。如徐坤泉（1907-1954）反駁《風月報》是「花街柳巷報，是值不得一笑的下流刊物」，[34] 雖然他也承認雜誌過度介紹花柳界名妓，刊登太多吟風弄月的香奩體，卻仍以「風雅」為之辯護，並企圖改革。這一大批被視為風花雪月、甚至無病呻吟的香奩體，如果單純從傳統詩歌價值的角度來看，似乎真的沒有意義，但放在香奩系譜的風雅話語中考察，則其「無意義」正好是「意義」的顯現——解傳統、抵殖民的漢詩現代性。由此，能發現當香奩體的香草美人之思逐漸淡去之際，風雅話語的衍異已經展開。[35] 風雅論的建構、解構、重構，反映了臺灣文人在殖民統治下詩歌

33　施懿琳主編：《全臺詩》第 27 冊，頁 474。

34　徐坤泉〈卷頭語〉，《風月報》第 50 期，1937 年 10 月 16 日。

35　另一個能見證風雅話語衍異的面向，是臺日漢詩交流。黃美娥最早留意到日本漢詩跨界來臺後，日人屢藉漢詩進行詩酒唱酬以籠絡臺灣文人，企圖以「同文」來「同化」臺灣，此時，「抈揚風雅」成為臺、日文人經常提及的話語。但日人鼓吹風雅、抈雅揚風，著重的是詩酒風流下的太平景象，傾向「風流社交」，而這也

本質觀的轉變。36

　　整體而言，本書的研究目的大抵有三：其一，建構香奩體的詩歌系譜，透過臺灣文人對於香奩體的認識何在，瞭解香奩體的文學現象是如何生成，又反映出怎樣的詩歌美學與時代精神。其二，觀察香奩體風雅話語的衍異重構，梳理臺灣文人風雅觀的轉變，以及轉變背後的抵抗、折衷與妥協。其三，從香奩體的視角切入，期能以一種新的方式，試圖勾勒「日治時期臺灣古典詩歌的面貌」，並說明香奩體如何見證現代性。

三、取徑方法

　　日治時期臺灣香奩體的流行盛況達到巔峰，不過香奩體在臺灣詩壇引發的文學現象並非憑空而起，尚須往前推到清代臺灣，以第一位論及香奩體與《香草箋》的臺灣文人章甫（？-？）開始。章甫的《半崧集》在嘉慶21年（1816）初刊，故本書時間範疇為1816年～1945年。由於許多臺灣文人都曾寫過香奩體，數量龐大，不可能全部逐一探討，是以挑選重要案例的原則為代表性與特殊性。

　　「代表性」有助管窺當時臺灣詩壇的論詩標準與審美取向，選擇的個案為洪棄生與連橫。兩人不但都有詩話、文章表達各自的詩歌觀，

進一步促使臺人的「風雅詩教」往「風流社交」偏移。之後日人更挪用「風雅話語」，將之嫁接到殖民主義，藉以馴化臺人。參閱黃美娥：〈臺、日間的漢文關係：殖民地時期臺灣古典詩歌知識論的重構與衍異〉，《臺灣文學研究集刊》第2期（2006年11月），頁1-32。因臺日漢詩交流不是本書關注面向，故暫且擱置，然而，不論是從臺日漢詩交流來看，或是臺灣香奩體的文學現象來看，風雅意涵的轉變是確實存在的。

36 關於日治時期臺灣文人風雅觀的轉變，筆者曾從臺灣詩話、詩鐘與擊缽吟、臺日漢詩交流三個面向，探討日治時期臺灣文人風雅觀，如何從「風雅」轉向「風流」，又從「風流」轉回「風雅」。參閱余育婷：〈風雅與風流：日治時期臺灣文人的風雅觀〉，《成大中文學報》第37期（2012年6月），頁133-158。

又有大量香奩體存世，且其人其詩有足夠代表性，他們的論詩面向與創作態度，頗能反映當時的詩歌美學。至於「特殊性」則裨益瞭解「大論述」之外的「差異」，如施士洁除書寫香奩體外，還開創「新竹枝詞」。從施士洁的書寫脈絡延伸發展，將能看到「臺灣竹枝詞」走向「新竹枝詞」的軌跡，而日治時期臺灣竹枝詞的新變，對傳統風土書寫來說，無疑是別具新意的差異性。又如通俗雜誌《三六九小報》、《風月》、《風月報》常常報導花柳新聞，而所登載的漢詩，大部分都是遊戲與豔情，看似已經跳脫風雅詩教傳統，但詩人依舊公開宣示「遊戲文章不可輕」，[37] 傳達經國之用，其中的反差如何解構風雅、見證現代，也是一個絕佳的考察範例。[38]

在方法學上，德希達的概念啟發一如前述，實際操作過程中也不能免除布赫迪厄（Pierre Bourdieu，1930-2002）關於場域（field）、慣習（habitus）、資本（capital）、位置（position）的權力辯證，[39] 以及傅柯（Michel Foucault，1926-1984）「去中心」的系譜學（genealogy）觀點。[40] 布赫迪厄告訴我們場域是一種權力關係，日治時期擊缽吟與課題

37　王少濤〈題風月報〉四首之三：「遊戲文章不可輕，吟風弄月寄深情。長篇短句關家國，不為千秋立世名。」參閱《風月》第 14 號，第 3 版「詞林」欄，1935 年 6 月 29 日。又見施懿琳主編：《全臺詩》第 35 冊，頁 419。

38　1930 年代，除了《三六九小報》、《風月》、《風月報》外，《詩報》也是當時刊登漢詩的重要漢文刊物，有時候《詩報》刊登的詩歌也會再登載於《風月報》上，如此一稿數投的情況並不少見。不過，《詩報》沒有大量的花柳報導，也沒有藝旦寫真，其風花雪月的程度不如《三六九小報》、《風月》、《風月報》。至於《風月報》改名後的《南方》與《南方詩集》，雖然也還能看到香奩體，但更多的是新文學作品與呼應國策之作，因此本書觀察重點以《三六九小報》、《風月》、《風月報》為主；《南方》與《南方詩集》為輔。

39　關於布赫迪厄的場域（field）、慣習（habitus）等概念，參閱 Patrice Bonnewitz 著，孫智綺譯：《布赫迪厄社會學的第一課》（臺北：麥田出版社，2002）；Pierre Bourdieu、Loic Wacquant 著，李猛、李康譯：《布赫迪厄社會學面面觀》（臺北：麥田出版社，2008）。

40　傅柯在「系譜學」（genealogy）中，強調「權力是一切意義生成的基點之一。」因此特別重視歷史論述之所以成立的權力來源。關於傅柯的「系譜學」（genealogy）

詩盛行，當香奩體成為擊缽競賽或徵詩活動中奪魁的利器，正好證成創作是為了在文學場域中佔位並爭奪象徵資本。更有甚者，連藝旦也以讀寫香奩體來博取象徵資本，抬高身價。相互影響下，促使詩歌流於通俗、娛樂，平庸之作大量出現，降低了詩歌原有的高雅藝術本質，因而引發新文學家的抨擊。但究竟是香奩體的豔情書寫降低了擊缽吟的品質，還是擊缽吟的競賽遊戲性質促使香奩體的香草美人之思不再，抑或是與日治時期的政治、社會因素環環相扣、陳陳相因，這些問題都是值得再深入觀察的面向。

　　至於傅柯的系譜學著重在知識的生成過程中知識與權力是如何運作，藉此剖析意識型態的形成背後，知識與權力是如何介入引導。以此概念放到香奩體的研究中，首先思考的是香奩詩風為何是清末到日治時期的一種理想美學？華美詩風成為當時臺灣文人審美的共識，不僅牽涉到詩歌藝術的審美標準，同時也受到政治、社會的影響。對此，透過臺灣文人對香奩體的認識何在，回溯觀察香奩風潮的出現，便能理解華美詩風在乙未世變後成為理想美學，與殖民統治下的無可奈何與精神抵抗有關。其次，則是在建構香奩系譜、勾勒出香奩體與風雅詩教的關連後，也看到了解構的色彩。風雅詩教的建構到解構，看似二元對立，但實際上也有相同的面向，那就是抵殖民的精神，而風雅話語的衍異過程，清楚呈現這一切。當然，必須要承認的是，乙未之後的臺灣受到日本殖民統治，許多傳統文人面臨這無力回天的局面，更是流連在溫柔鄉，縱情酒色，藉以逃避現實。這些風花雪月的文字，看似無用，但讀者不能忽略詩人內心的痛苦與抑鬱。這類型的詩人，除了乙未後豔中藏哀的施士洁外，霧峰林家的林仲衡（1877-1940）也是如此。其〈花癖〉

概念與方法論，參閱王德威：〈「考掘學」與「宗譜學」——再論傅柯的歷史文化觀〉，Michel Foucault 著，王德威譯：《知識的考掘》（臺北：麥田出版社，1994），頁 39-66；邵軒磊：〈作為研究方法的系譜學〉《政治科學論叢》第 34 期（2007 年 12 月），頁 163-166。

一詩：「憐香天性自孩提，不遇名花首不低。中散瑤琴步兵酒，一般難及是癡迷。」[41] 林仲衡坦然自述醇酒美人的生活之餘，也高舉阮籍和嵇康，表明自己的志向與孤寂。只可惜，臺灣文人書寫香奩體者甚多，但會這樣清楚在香奩體中自述志節的詩作較少，反而要透過其他詩話、序文等資料，方能旁證有些香奩體確實隱含志節，並非純為遊戲豔情。

正因臺灣香奩體的閱讀與研究充滿許多弔詭的辯證，又涉及時人對香奩體、對華美詩風的接受面向，是以研究方法不能忽略姚斯（Hans Robert Jauss，1921-1997）的接受美學理論。臺灣文人對於晚唐華美詩風有怎樣的前理解，又產生怎樣的群體共識，是關注的重點面向之一。不過，最基礎的具體方法仍是回歸實際的閱讀，方能建構香奩體的詩歌系譜。

劉若愚提到藝術作品有四要素──宇宙、作者、作品、讀者，這四個要素之間的關係，是構成藝術過程的四個階段：「第一階段，宇宙影響作家，作家反映宇宙。由於這種反映，作家創造作品，這是第二階段。當作品觸及讀者，它隨即影響讀者，這是第三階段。在最後一個階段，讀者對宇宙反映，因他閱讀作品的經驗而改變。」[42] 如將之放在臺灣香奩體的研究分析下，比較重要的應是讀者對作品的詮釋。因為香奩體的核心價值──香草美人，未必是顯而易見的，它需要透過讀者的領悟才能顯現。如果讀者沒有讀出言外之意，香奩體很容易成為一首單純的豔情詩。這也是為什麼以詩史聞名的洪棄生，在寫下一整本香奩詩──《壯悔餘集》時，會刻意提醒讀者不要誤讀他的香奩體，所謂「莫將剩粉殘膏恨，併作閒香一例收」是也。只是，究竟要如何閱讀才能不至於誤讀呢？事實上，這個問題沒有標準解答，因為詩歌存在多義性，沒有所謂「正確」的詮釋，尤其是香奩體，表面的遊戲與豔情，是否真

41　施懿琳主編：《全臺詩》第 29 冊，頁 191。
42　（美）劉若愚著，杜國清譯：《中國文學理論》（南京：江蘇教育出版社，2006），頁 14。

的暗藏志節，可能隨不同的閱讀有不同的判斷。在此，前輩學者所提供
的幾個方法論，應能作為閱讀香奩體的取徑。

　　首先是葉嘉瑩提出關於寄託的三項標準：其一，就作者生平的為人
來判斷，瞭解其客觀遭遇與人格修養。其二，就作品敘寫口吻，及其表
現的神情來判斷。其三，從作品所產生的環境、背景來判斷，特別是有
無「本事」可以切合以作為證據。[43] 在此要補述的是，「本事」固然未必
完全真實，但「本事」的有無，確實可以提供判斷的參考。

　　之後，施逢雨在葉文的基礎上，進一步提供幾個方式來判定有無
寄託：一、作品的題目、序言或內文有時會直接間接點出該作品有「寄
託」。二、有某些物或人在中國文學、文化裡長期演化之後，成了詩人
託寓情意的媒介，例如松柏、蘭草、美人等。三、作品以外的記載，
如作者自敘、史傳、筆記小說、詩話詞話等，有時會指出作品有「寄
託」。[44]

　　透過前述方法論，回頭來看臺灣香奩體的生成歷程，將會發現日治
時期香奩體的書寫，先有上承清代臺灣香奩體對文學美的耽溺；再有因
為世變創痛，轉而對風雅詩教的提倡；同時在詩社與擊缽吟興起、臺日
漢詩交流等政治、社會、歷史因素下，「風雅詩教」逐漸流向「風流社
交」；最後又隨著進入戰爭期而成為呼應國策的殖民性風雅，看似馴化
了臺人，但小報上的漢詩以遊戲寄寓抵抗，說明「風雅詩教」雖遠離卻
未曾消失。這一連串關於風雅論的建構、解構、衍異、重構的過程，透
過香奩體的考察，將能清楚看見。

43　參閱葉嘉瑩：《迦陵論詞叢稿》（臺北：明文，1982），頁 332-334。

44　參閱施逢雨：〈「旁通」與「寄託」——兩種解讀詩詞的特殊方式〉，《清華學報》
　　新 23 卷第 1 期（1993 年 3 月），頁 10。

四、本書架構與各章出處

　　本書主要透過四個章節，分別討論「清代臺灣香奩體」、「洪棄生香奩體」、「連橫香奩體」、「臺灣新竹枝詞」，以此說明臺灣香奩體的生成與影響。

　　本書第二章〈華美詩風的追求：清代臺灣香奩體的發展歷程與時代意義〉，意在建構清代臺灣的香奩系譜，考察清代臺灣文人如何認識香奩體，香奩詩風又是如何形成。其中能看到香奩詩風的出現，與詩社成立、詩鐘／擊缽吟盛行、藝旦佐酒賦詩息息相關。鬥詩競賽、豔色趣味促成一股創作香奩體的熱潮，也是在這個時候，「香草美人」被標舉出來。然而，必須客觀地說，乙未之前的香奩體往往流於遊戲、豔情與社交，很少看見真正的香草美人，比較像是一種對於文學美的耽溺。但，不論是時人或後人，提及唐景崧主導的詩酒風流，幾乎都是正面肯定，對於與擊缽吟結合的香奩體，也同樣視為暗藏志節，不以風花雪月泛泛看待。至此，同光以來臺灣香奩體的時代意義就此顯現，它既是臺灣詩歌韻事之始，又能抒發忠憤別有寄託。乙未割臺之後，楚騷精神與美人香草在香奩體的痕跡更為具體，無疑又堅定並延續了這份時代意義。

　　本書第三章〈風雅建構：洪棄生香奩體與遺民詩學〉，以洪棄生香奩體為例，論述「香草美人」作為一種心態與思維模式，是如何回歸風雅、抵抗殖民。1895 年的乙未世變，催化了香奩體背後的香草美人文學傳統，使之不再是純粹的豔情詩作，而這樣看待香奩體的態度，幾乎普遍存在於當時的臺灣詩壇。洪棄生的《寄鶴齋詩話》與香奩體，證成了風騷精神與遺民詩學，當香奩體屢屢與「風雅話語」連結的同時，回歸風雅傳統與抵抗殖民的姿態清楚呈現。

　　本書第四章〈殖民與遺民的焦慮：連橫香奩體與風雅論〉，探討連橫的香奩體，並放在臺灣香奩體的脈絡下觀察風雅話語的衍異重構。連橫的香奩體有濃烈的晚唐華美詩風，加上香草美人意象的運用，使「九歌公子」、「晚唐杜牧」，成了風流詩人的自我讚譽，其香奩體更是有別

於時下通俗、甚至低俗的豔情詩。然而，儘管連橫仍然強調風雅詩教，也不斷召喚香草美人作為香奩體的精神感召，可是他筆下「美人」意象的轉變，減損了風騷精神與抵抗意志，恰恰反映連橫在日本殖民統治下的憂患、妥協與焦慮。

本書第五章〈遊戲還是抵抗：臺灣新竹枝詞與漢詩現代性〉，透過日治時期出現的「臺灣新竹枝詞」，說明臺灣香奩體的影響。過去香奩體背後總有香草美人、風騷精神作為抵抗殖民的精神支撐，但隨著香奩體成為一股文學風潮，影響所致，也改變了臺灣文人的風雅觀。臺灣竹枝詞歷來以風土書寫為傳統，反映臺灣社會面貌，幾乎沒有涉及豔情。到了日治時期，臺灣竹枝詞開始雜染豔情，甚至成為社交應酬的工具，「采風觀詩」傳統雖仍存在，但豔情的滲透確實別開新徑。此外，1930年之後，通俗雜誌如《三六九小報》、《風月》、《風月報》刊登的漢詩，多以香奩豔情為主，搭配雜誌的花叢小記、藝旦寫真等花柳報導，看似脫離了風騷傳統，然而傳統文人依舊說詩外別有寄託，遊戲不忘抵抗。至此，臺灣香奩體的遊戲、通俗、娛樂、反諷，莫不是漢詩見證現代性的最佳說明。

論起「臺灣香奩體」，能看到香草美人召喚的風騷精神，以及風雅話語所承載的抵抗意義，在日治初期確實存在。然而到了日治後期，香奩詩風雖盛，但風騷精神益發淡薄，風雅話語已然衍異重構。香奩系譜從回歸風雅傳統到最後逐步消解了風雅傳統，消解傳統的同時，不啻是一種從回歸中心到脫中心的過程，而這樣的過程，正好說明了漢詩與現代性的可能。

本書各篇章曾發表在不同期刊，後經修改增補為各章內容，現說明如下：

第二章第二節〈香奩體的流行：同光時期擊缽吟的興起〉、第三節〈遊戲與豔情：清代臺灣擊缽吟與香奩體的相互影響〉，原文為〈從擊缽吟看清代臺灣香奩體的發展——以《詩畸》與《竹梅吟社詩鈔》為例〉，《北市大語文學報》，第 20 期，2019 年 6 月，頁 1-16。

　　第三章〈風雅建構：洪棄生香奩體與遺民詩學〉，原文為〈再現風騷：論洪棄生香奩體中的香草美人〉，《成大中文學報》，第 58 期，2017 年 9 月，頁 131-158。

　　第四章〈殖民與遺民的焦慮：連橫香奩體與風雅論〉，原文為〈香草美人的召喚：連橫香奩體的風騷與豔情〉，《清華學報》新 50 卷第 3 期，2020 年 9 月，頁 483-509。

　　第五章〈遊戲還是抵抗：臺灣新竹枝詞與漢詩現代性〉，原文為〈日治時期臺灣竹枝詞的新變及其意義〉，《政大中文學報》第 34 期，2020 年 12 月，頁 169-194。

Chapter 2

第二章
華美詩風的追求：
清代臺灣香奩體的發展歷程與時代意義

　　從整個臺灣香奩體的發展脈絡來看，日治時期無疑是臺灣香奩體的盛行階段。然而，臺灣香奩體從何而來？又如何影響臺灣詩壇以及臺灣文人的詩歌審美傾向？要追問這些問題，不得不上溯清代臺灣。此外，更重要的是，儘管香奩體屬於豔詩，站在正統詩歌的角度它無疑是邊緣的，但清末至日治初期臺灣傳統文人賦予香奩體香草美人之思，使香奩體承載了抵抗精神與遺民意識，因而使香奩體有了豔情以外的意義。這份意義甚至呼應了乙未割臺後的詩歌風雅論，大大提升香奩體的價值。立基於此，追問臺灣香奩體為何興起？如何流行，便成為不能迴避的問題。本章從「香奩體」的視角出發，觀察不同時期的清代臺灣文人如何看待香奩體、有無創作香奩體，藉由耙梳香奩體的發展歷程，期能回應香奩體為何在臺灣興起，興起的背後又反映怎樣的詩歌美學與時代意義，並影響到日治時期的臺灣詩壇。

一、香奩體的萌芽：從乾嘉到道咸時期

　　香奩體在清代臺灣詩壇的發端，最早可溯及乾嘉時期臺南文人章甫（1760-　？）。章甫的科考之路並不順遂，其放棄科考後寄情詩歌，以旅遊詩為主，與香奩體有關的作品甚少，但自有其意義——反映清代前期臺灣文人對香奩體的接受面向何在。以下，先看這首〈題香奩集後〉：

　　誰詠香奩絕妙詞，爭傳姓氏至今疑。和凝韓偓無須辨，自有溫

柔鄉主知。[1]

這首詩是章甫的讀詩心得，屬於以詩論詩的論詩詩。此詩一開頭便稱讚韓偓《香奩集》是絕妙好詞，以為不論《香奩集》的作者是和凝還是韓偓，[2] 詩集中的溫柔情思自能被有情的讀者體會。只不過，讀者閱讀《香奩集》領悟到的究竟是「裾裙脂粉之語」，還是另有志節寄託，章甫沒有說明白。再看另一首集句詩〈粧樓春夜宴〉：

> 花有清香月有陰（蘇東坡），長河漸落曉星沉（李玉溪）。勸君
> 更盡一杯酒（王摩詰），又典香奩半臂金（黃莘田）。[3]

整首集句詩從不同詩人集結不同詩句，但放在一起，整體的風格偏向溫柔綺靡。此詩末句用了清初福建詩人黃任（1683-1768）的詩句，顯見章甫對黃任《香草箋》並不陌生。黃任，字莘田，詩集《香草箋》全為香奩作品，詩風上承晚唐溫李韓偓，溫婉綺麗又富有情思，出版後便廣為流傳，且極受歡迎。在詩壇極具影響力的詩人與詩評家袁枚（1716-1797）也曾公開坦承自己非常喜愛《香草箋》，如〈仿元遺山論詩〉三十八首之十一：「酷嗜莘田香草齋，芬芳悱惻好風懷。」[4] 既點出《香草箋》「芬芳悱惻好風懷」的特色，同時反映出《香草箋》在清代已得到時人的高度評價。臺灣與福建一衣帶水，是以黃任《香草箋》傳入臺灣並獲得臺灣文人的欣賞實能想見，[5] 而章甫這首集句詩正好說明黃任

1　施懿琳主編：《全臺詩》第 3 冊，頁 398。

2　《香奩集》的作者一般都認為是晚唐韓偓（844-923），但沈括（1031-1095）在《夢溪筆談》提到：「和魯公凝有豔詞一編，名《香奩集》。凝後貴，乃嫁其名為韓偓。」參閱〔宋〕沈括撰、胡道靜校注：《元刊夢溪筆談及新校注合刊》第 16 卷（臺北：鼎文書局，1977，影印元大德覆宋刻本），頁 2。

3　施懿琳主編：《全臺詩》第 3 冊，頁 397。

4　〔清〕袁枚：《小倉山房詩文集》（上海：上海古籍出版社，1988），頁 689。

5　參閱林文龍：〈黃任《香草箋》對臺灣詩壇的影響〉，《臺灣文獻》第 47 卷第 1 期（1996 年 3 月），頁 207-222；余育婷：《想像的系譜：清代臺灣古典詩歌知識論的建構》（新北：稻鄉出版社，2012），頁 284-297。

《香草箋》在乾嘉時期便已傳入臺灣且受到臺灣文人喜愛。

　　另，章甫曾作〈老廢吟〉感嘆自己一生未能及第，只能讀書吟詩，詩中還提到了黃任《香草箋》：「記得莘田詩句合，詩書貽累到裙釵。」[6]可見章甫對於黃任與《香草箋》是熟悉的，且抱持的也是正面態度。值得一提的是乾隆時期來臺的宦遊文人吳玉麟（？－？）有〈呈黃莘田先生〉一詩：「綵筆夢花傳別恨，錦箋香草續離騷。」[7]以為《香草箋》為續《離騷》之作，極力讚美黃任。當時黃任《香草箋》流傳甚廣，吳玉麟將之與《離騷》相提並論，大大提升《香草箋》的高度。而吳玉麟的詩歌認識，或也是當時詩人的普遍共識，只不過，章甫雖對黃任不陌生，但其論詩詩沒有明白將之與《離騷》或香草美人傳統連結。

　　到了道咸時期，陳肇興（1831-？）、林占梅（1821-1868）、施瓊芳（1815-1868）等人都曾作香奩體，只是數量不多。先看陳肇興〈無題〉八首之七：

> 脈脈情懷倒又顛，一回私恨一回憐。迴文稠疊千餘字，錦瑟淒涼廿五絃。舊誓已成烏鰂墨，新詩猶寄紫鸞箋。生憎野鴨多輕薄，累殺鴛鴦不得仙。[8]

此詩作於 1859 年，是陳肇興早年作品，從題目到詩句，學習李商隱（813-858）無題詩的痕跡清楚可見。不過此詩表面寫兒女私情，寄託之意不甚明顯，仿效前人的成分比較高。陳肇興詩集中這類唯美綺麗的詩作較少，尤其在經歷戴潮春事件後，主要關心的面向落在社會現實，類似早年〈無題〉詩這樣的詩作又更少，因此陳肇興的少數香奩體，不能視為是對華美詩風的追求。

　　而林占梅生於富貴人家，詩集中有一首〈黃莘田端硯歌〉長詩，

6　施懿琳主編：《全臺詩》第 3 冊，頁 357。

7　施懿琳主編：《全臺詩》第 3 冊，頁 76。

8　施懿琳主編：《全臺詩》第 9 冊，頁 240。

詳細說明得硯之喜，這首詩不是香奩體，但從中可知林占梅也是熟悉黃任這位福建詩人。林占梅詩風清麗，主要宗法白居易的平易，不過也曾提及欣賞晚唐詩人溫庭筠、李商隱，如〈閒述〉六首之六：「畫倣荊關多得意，詩如溫李半言情。」[9]〈即事〉：「為愛鸚哥憑檻久，調他重誦李溫詩。」[10]林文龍曾舉〈師韞軒雜詠〉二十首為例，說明林占梅受黃任《香草箋》影響，描寫「周旋於群芳之間的韻事」。[11]可以補充的是，有署名蛻萫老人（真實身分不詳）[12]所著詩話《大屯山房譚薈》最早提及：「雪村（按：即林占梅）有雜詠二十首，頗近香奩……」[13]所謂「雜詠二十首」，應該就是林文龍提到的〈師韞軒雜詠〉二十首。但據《全臺詩》所收〈師韞軒雜詠〉實際共有二十七首，不是二十首。茲舉二首以概其餘：

生成慧性善傳神，花卉翎毛總逼真。畢竟帶些幽媚態，新篁愛學管夫人。（二十七首之五）[14]

有時忤觸暗含嗔，淚濕鮫綃翠黛顰。此種丰神描不得，梨花帶雨一枝春。（二十七首之十五）[15]

9　施懿琳主編：《全臺詩》第 7 冊，頁 185。
10　施懿琳主編：《全臺詩》第 8 冊，頁 77。
11　林文龍：〈黃任《香草箋》對臺灣詩壇的影響〉，頁 212。
12　網路資料〈解開《大屯山房譚薈》作者之謎〉一文，提及《大屯山房譚薈》是某位林姓老師的祖父所寫。林老師因稿本破損嚴重求助王國璠先生，由於書稿內容難以完全辨識，因此王國璠依照殘存文字，查補參考文獻並推測補寫。書成後約有半數屬於王國璠的創作，難以署名，故最終雙方同意用「蛻萫老人」的名義發表。參見：http://blog.udn.com/lty411005/9787395，瀏覽日期：2021 年 7 月 13 日。這則網路資料是撰文者「老淘」（林文龍）的回憶記載，未正式發表，真實性待考，暫且加註於此。
13　蛻萫老人：《大屯山房譚薈》，邱秀堂編，《鯤海粹編》（臺北：中華民國史蹟研究中心，1980），頁 170。
14　施懿琳主編：《全臺詩》第 7 冊，頁 8。
15　施懿琳主編：《全臺詩》第 7 冊，頁 8。

林占梅沒有明白交代《師韞軒雜詠》組詩的書寫對象，但從上引詩歌來看，的確是以綺麗文字來描摹女性的各種神情姿態，或因如此，蛻萶老人才會評價「頗近香奩」。值得一提的是，王松在《臺陽詩話》提到福建詩人林薇臣（1822-1895）「來臺主林雪邨方伯家，故著有《潛園寓草》，香奩極佳。」[16] 林薇臣受聘林占梅家，與林占梅交好，林薇臣若以香奩見長，那麼林占梅對香奩體應當也不陌生。只是，林占梅本人是有意書寫香奩體嗎？從林占梅自述「調他重誦李溫詩」、「詩如溫李半言情」，可知他應該喜讀晚唐溫李詩歌，不過是否有意仿效則未必。因為類似〈師韞軒雜詠〉二十七首的詩作，在詩集中數量甚少，然而，這樣少數的詩作卻引起蛻萶老人的特別注意，倒是耐人尋味。

　　被蛻萶老人留意到「體近香奩」的詩人，除了林占梅外，還有施瓊芳。施瓊芳是臺南第一位進士，其人方正守禮，其詩也以雅正為主，但有趣的是，蛻萶老人在《大屯山房譚薈》卻說：「瓊芳秉禮讀書垂五十年，為文根於經史，時豔不屑也。詩有晚唐風格，牧之、飛卿兼而有之。」[17] 並選錄〈餞春〉二首以為實例印證，試看此二詩：

> 棟樹初苞便促裝，歸思最急是韶光。驚心夜雨鶯花債，回首春風富貴場。此去關山同送客，誰家欄檻不斜陽。青驄本自難拘繫，錯恨垂絲柳未長。

> 薄命花辭樹，離情鳥送春。啼鵑三蜀雨，芳草六朝人。豆譜紅詞婉，蕉抽綠意新。書窗無綺恨，祇惜寸陰珍。

此二詩文字清麗，尤其「驚心夜雨鶯花債」、「錯恨垂絲柳未長」、「薄命花辭樹，離情鳥送春」、「書窗無綺恨」等句，有明顯的遲暮感傷之

16　王松：《臺陽詩話》（南投：臺灣文獻委員會，1994），頁 4。
17　蛻萶老人：《大屯山房譚薈》，邱秀堂編：《鯤海粹編》（臺北：中華民國史蹟研究中心，1980），頁 188。

意，頗吻合詩題〈餞春〉。蛻萼老人錄此二首詩說明施瓊芳詩歌有晚唐風格，並舉杜牧及溫庭筠兩位晚唐華美詩風的代表詩人來讚美他，言下之意，便是以為施瓊芳的詩歌有晚唐華美風格。但，事實上，施瓊芳詩集中此類作品甚少，「綺豔」不是施瓊芳的主要詩風。[18] 然而，蛻萼老人對「晚唐風格」、「體近香奩」的大力標榜，卻形成了一個明顯的觀察視角，反映「華美詩風」是一個頗受時人重視且喜愛的風格，因此蛻萼老人讀施瓊芳的詩集，對於多數的雅正作品沒有評語，反倒對少數的麗詞有深刻印象並據以評論。

透過前述，能看到清代乾嘉道咸時期的臺灣詩壇沒有特別流行香奩體，因而數量不多。不過可以確定的是黃任《香草箋》早在乾嘉時期便已傳至臺灣，且受到臺灣文人喜愛。儘管清代早期至中期寫香奩體的臺灣詩人不多，甚至也不是出於自覺來仿效此體，可是蛻萼老人在評論林占梅、施瓊芳的時候卻特別關注香奩體，並主動尋找帶有綺麗風格的詩作來印證清代中期的臺灣文人已有這樣的詩歌特色，其背後所反映出來的正是香奩體的盛行。而這股流行風潮，就是從清末同光時期開始。

二、香奩體的流行：同光時期擊缽吟的興起

要談同光時期的臺灣詩壇之前，必須先來回顧整個清代臺灣古典詩的發展，才得以突顯同光時期的特殊性。康雍乾嘉時期的臺灣古典詩，幾乎是由宦遊文人主導，這時期郁永河（1645- ？）、孫元衡（ ？ - ？）的詩作影響臺灣古典詩非常深遠，更奠立臺灣古典詩的特色與書寫模式。到了道咸時期，臺灣本土文人取得功名者漸多，如新竹鄭用錫、臺北陳維英、臺南施瓊芳、彰化陳肇興等人，科舉社群的出現，代表臺灣本土文人的崛起，其中新竹鄭用錫與林占梅帶起的園林文學，不僅意

---

18 施瓊芳的詩歌以雅正為主，類此清麗詩作數量較少。參閱余育婷：《施瓊芳詩歌研究》（新北：花木蘭文化出版社，2011），頁 168-175。

味著從宦遊文人手上拿回文學主導權，更象徵臺灣文人自我意識的覺醒。[19] 是以接下來的同光時期，已是人才紛起的階段。比較特別的是，同光時期因宦遊文人的喜好引入「詩鐘」、「擊缽吟」，[20] 使臺灣詩社活動從閒詠、課題的型態走向詩歌競賽，增添許多遊戲趣味。隨著詩鐘與擊缽吟的蓬勃發展，充滿豔色趣味的香奩體就在此當中自然而然地應運而生。可以說，香奩體之所以能在同光時期開始流行，追根究底實與詩鐘／擊缽吟的興起息息相關，而這當中，又以擊缽吟的影響更為重大。那麼，「詩鐘」與「擊缽吟」是什麼呢？一般而言，「詩鐘」多指聯句，

19　關於臺灣古典詩的發展歷程，前行研究成果頗豐，早期的代表作當推 1991 年施懿琳的博士論文《清代臺灣詩所反映的漢人社會》。施懿琳具體說明臺灣古典詩有連章組詩、詩中有註、長篇詩題、詩前序文等特色，此論廣為學界引用，足見重要性。之後黃美娥〈臺灣古典文學史概說（1651-1945）〉，詳細說明臺灣古典文學從明鄭到日治的階段發展：一、明鄭時期與清代康雍時期，此為萌芽與紮根的階段。二、乾嘉至同光時期，此時臺灣本土文人紛起，是發展與茁壯階段。三、日治時期為應變與維新階段，是臺灣古典文學的另一嶄新階段。黃美娥把梳乾嘉至同光時期重要流寓文人及其相關活動表現時，便留意到詩社的結社活動，除了唐景崧的牡丹詩社外，「竹梅吟社」受閩地擊缽吟影響，遂以擊缽為樂。乙未之後，蔡啟運大力推廣，促使臺灣擊缽吟的風氣更為盛行。至於道咸時期臺灣文人自我意識的覺醒，是筆者在《想像的系譜：清代臺灣古典詩歌知識論的建構》，分論北中南區域文學特色時，所觀察到的新竹園林文學在文學史上的意義。以上參閱施懿琳：《清代臺灣詩所反映的漢人社會》（臺北：臺灣師範大學國文學系博士論文，1991）；黃美娥：〈臺灣古典文學史概說（1651-1945）〉，《古典臺灣：文學史‧詩社‧作家論》（臺北：國立編譯館，2007），頁 1-60；余育婷：《想像的系譜：清代臺灣古典詩歌知識論的建構》（新北：稻鄉出版社，2012），頁 236-245。

20　詩鐘由閩地傳入，同光時期最著名的詩鐘推動者是光緒 13 年（1887）來臺的唐景崧。但早在唐景崧之前，同治年間詩鐘已經透過宦遊文人傳入臺灣。根據施士洁在《詩畸補遺‧自序》所言：「（同治）四年（1865）先大夫見背，受業於李崧臣師……師固閩人，雅善詩鐘之伎。傳經餘暇，輒具雞黍，設□□□□□□□相角。余時壁上觀戰，不禁羨極。……歲甲戌（同治 13 年，1874 年），海上事起，沈文肅公□□命渡臺，幕府十餘人，皆詩鐘健者。暇輒作局。……」顯見詩鐘早在同治時期已傳入臺灣詩壇。轉引自黃典權：〈斐亭詩鐘原件的學術價值〉，《成大歷史學報》第 8 號（1981），頁 113-141。另，關於詩鐘入臺時間，向麗頻有詳細論述，參閱向麗頻：〈唐景崧《詩畸》研究〉，《東海大學文學院學報》第 47 期（2006 年 7 月），頁 117-154。

「擊鉢吟」則為一首詩，以七絕、七律最常見。兩者同屬限題、限韻、限時的文字遊戲，同光時期從閩地傳入，盛行於臺灣詩壇。儘管詩鐘與擊鉢吟密不可分，但若從香奩體的視角出發，以聯句為主的詩鐘較難反映香奩體的發展痕跡，故此處將以觀察香奩體與擊鉢吟的相互影響為重點。

　　清代臺灣擊鉢吟的重要推手有兩人：一是新竹文人蔡啟運（1862-1911），二是光緒 13 年（1887）來臺的臺灣兵備道唐景崧（1841-1903）。而目前留存的清代臺灣擊鉢吟集也僅有兩本：一是唐景崧編的《詩畸》，二是由蔡啟運一手催生的《竹梅吟社詩鈔》，此書坊間較為熟悉的名稱為《臺海擊鉢吟集》。[21] 如果要瞭解清代臺灣擊鉢吟的具體情形，必得從這兩本擊鉢吟集入手。

（一）《竹梅吟社詩鈔》

　　《竹梅吟社詩鈔》，坊間常稱《臺海擊鉢吟集》，乃明治 41 年（1908）由蔡汝修奉父親蔡啟運之命所編，但實際編者仍為蔡啟運。從蔡啟運的序文可知竹梅吟社的擊鉢吟在光緒 12 年（1886）便已開始，還早於光緒 13 年（1887）來臺的唐景崧成立斐亭吟社，這段序文也是最早述及臺灣本土詩社擊鉢吟的活動記錄：

> 光緒丙戌秋（光緒 12 年，1886），余與吾竹諸友倡立竹梅吟
> 社，而為擊鉢之舉。初尚吟侶寥寥，繼則聞風至者甚多。月夕
> 花晨，鑪香椀茗，刻燭命題，攤箋鬥捷，僉謂後起風雅不減晉
> 安。己丑（光緒 15 年，1889）而後，或則應官遠去，或則作

21　根據詹雅能的考據，大正 3 年（1914）刊印的《竹梅吟社詩集》，和《重修臺灣省通志藝文志著述篇》載錄的《竹梅吟社擊鉢吟集》，以及臺灣分館藏《臺海擊鉢吟集》，三者名稱雖異，但所指為同一作品。詹雅能在經過校對編輯整理後，沿襲劉克明所題《竹梅吟社詩鈔》一名，重新命名此作品集為《竹梅吟社詩鈔》。參閱詹雅能：《竹梅吟社與《竹梅吟社詩鈔》》（新竹：新竹文化局，2011），頁 33、36。

客他方；甚有騎鯨長辭相繼而赴修文之聘者，吟壇樂事於焉終止。[22]

蔡啟運在序文中回憶過往種種，可知光緒 12 年（1886）倡立的竹梅吟社，擊缽聯吟推動了當地風雅，直至光緒 15 年（1889）才逐漸停止。如是，則日治時期出版的《臺海擊缽吟集》，部分收錄作品還早於《詩畸》，只是成書時間較《詩畸》要晚。近年隨著新史料的出現，詹雅能考證出大正 3 年（1914）刊印的《竹梅吟社詩集》，和《重修臺灣省通志藝文志著述篇》載錄的《竹梅吟社擊缽吟集》，以及臺灣分館藏的《臺海擊缽吟集》，三者名稱雖異，所指實為同一作品。在此基礎上，詹雅能更彙集（1）臺中郭双富所藏《竹梅吟稿》、（2）周德三「摩天樓藏卷」抄錄的《竹梅吟社擊缽吟》、（3）劉克明抄錄的《竹梅吟社詩鈔》、（4）《臺海擊缽吟集》，在相互比對四本詩集，排除重複以及剔除確定為日治時期的作品後，得出清代竹梅吟社的擊缽吟共 358 題 684 首，重新命名《竹梅吟社詩鈔》。此書的出現有助呈現擊缽吟在清代臺灣從寥寥到熱絡的情形。[23]

《竹梅吟社詩鈔》共有 358 題 684 首，根據詹雅能《竹梅吟社詩鈔》附錄的《閩中擊缽吟集》對照表，可以明顯看到清代臺灣擊缽吟的題目多沿襲了《閩中擊缽吟集》，從中正好反映擊缽吟從福建到臺灣的發展脈絡。[24] 如今，再進一步探討這些延續性的舊題，並將之與新題對

22　蔡汝修：《臺海擊缽吟集》，呂興昌審訂、黃哲永主編：《臺灣先賢詩文集彙刊》第 5 輯（臺北：龍文出版社，2006），頁 1。

23　詹雅能編輯的《竹梅吟社詩鈔》，包含了 1. 臺中郭双富所藏《竹梅吟鈔》抄本 211 首；2. 周德三「摩天樓藏卷」抄錄的《竹梅吟社擊缽吟》121 首；3. 劉克明抄錄的《竹梅吟社詩稿》83 首，以上總計 415 首，扣除重複者，共 386 首。4.《臺海擊缽吟》在經過比對、排除確認為日治時期的作品後，加上前述 386 首，共 358 題 684 首。而這也是相對完整的清代竹梅吟社擊缽吟集。參閱詹雅能：《竹梅吟社與《竹梅吟社詩鈔》》（新竹：新竹文化局，2011），頁 30-36。

24　擊缽吟來臺後的發展，以及蔡啟運如何大力推動擊缽吟的種種，參閱詹雅能：〈從福建到臺灣──「擊缽吟」的興起、發展與傳播〉，頁 146-151。

照，能發現這些舊題雖不乏女性，如〈楊妃病齒〉、〈班婕妤辭輦〉、〈木蘭從軍〉、〈潯陽琵琶〉、〈薛濤箋〉、〈二喬觀兵書〉、〈妓人出家〉、〈雪美人〉、〈文姬歸漢〉、〈宮怨〉、〈老妓〉……等，但整體而言仍以歷史上的女性為主，豔情成分較少。至於新題中的女性面向甚廣，較多豔色趣味，或直寫女性與身體，如〈桃臉〉、〈香腮〉、〈香唾〉、〈新妾〉、〈詩妓〉、〈俠妓〉、〈醉妓〉、〈病妓〉、〈啞妓〉……等，或描摹女性生活與情思，如〈冬閨消寒詞〉、〈冬夜消寒詞〉、〈晚粧〉、〈秋閨怨〉……等。這些涉及女性的詩作，有的較為露骨，如蔡啟運〈冬夜消寒詞〉：「我擁美人權擁被，半床暖玉夢初回。」[25]〈晚粧〉：「濃抹新紅唇一點，待郎今夕枕邊嘗。」[26]也有筆調含蓄者，如陳濬芝（1855-1901）〈啞妓〉：「盈盈秋水寫風流，相對如何意更投。好借琴心通一語，知音只在不言求。」[27]此外，還有少數充滿情色戲謔者，如劉廷璧（？-？）〈題秘戲圖〉：「圖翻秘戲亦消閒，卅六春宮一樣頒。絕好偎肩燈下看，春心一觸上眉彎。」但不管是哪一種，可以看到這些帶有豔色趣味的擊缽吟，少見比興寄託。

不過，新題中也不乏特殊的題目，有助理解時人對香奩體的認識，如〈題香草箋詩後〉：

> 一枝健筆儘風流，寫得香閨萬種愁。我欲執鞭為弟子，遲生卻在百餘秋。（連三）[28]

> 花作門牆月作樓，澧蘭沅芷韻詩喉。香奩豈襲冬郎格，彷彿離騷屈子謳。（子潛）[29]

25　詹雅能：《竹梅吟社與《竹梅吟社詩鈔》》，頁158。
26　詹雅能：《竹梅吟社與《竹梅吟社詩鈔》》，頁153。
27　詹雅能：《竹梅吟社與《竹梅吟社詩鈔》》，頁181。
28　詹雅能：《竹梅吟社與《竹梅吟社詩鈔》》，頁146。原收於劉克明抄錄之《竹梅吟社詩鈔》，1955年10月在《詩文之友》陸續刊登，計8期，共83首。
29　詹雅能：《竹梅吟社與《竹梅吟社詩鈔》》，頁146。

前文已提及《香草箋》是福建詩人黃任的香奩體詩集，在中國流傳甚廣，在臺灣影響也很大。第一首是新竹縣附生陳編（？-？）所寫，盛讚黃任憑著一枝健筆寫下《香草箋》流傳千古，將種種閨愁道出。第二首陳朝龍（1859-1903）以「花月」對比「沅芷澧蘭」等香草，並說《香草箋》表面的香奩豔情豈是沿襲韓偓《香奩集》，而是上承屈原賦〈離騷〉的憂愁憂思。這兩首詩簡單明瞭，但意義有二：一是光緒年間的臺灣文人仍然十分喜愛《香草箋》，以致〈題香草箋詩後〉可以成為擊缽吟的題目，足見《香草箋》在臺灣的影響力。二是臺灣文人看待《香草箋》的視角是落在「香草美人」上，以為別有寄託，非單純豔情。這樣的觀點，與吳德功「香奩之篇，則竟作膩語，至閒情風懷，則指實事矣」[30]的說法相同，顯然《香草箋》在臺灣文人眼裡是豔情中隱藏志節。

（二）《詩畸》

《詩畸》，由唐景崧所編。光緒 13 年（1887）來臺的唐景崧雅好文學，在臺期間成立「斐亭吟社」與「牡丹吟社」，因地位崇高，影響力也廣，臺灣擊缽吟之所以在光緒時期風行一時，唐景崧厥功至偉。其所編《詩畸》於光緒 19 年（1893）刊行，收錄光緒 13 至 17 年（1887-1891）詩鐘與擊缽吟。值得注意的是，《詩畸》主要以詩鐘為主，擊缽吟的篇幅較少，僅七律 39 題 227 首。

將《詩畸》與《竹梅吟社詩鈔》兩書中收錄的擊缽吟相比，《竹梅吟社詩鈔》的擊缽吟全為七絕，《詩畸》則全為七律，體製雖不相同，但夾雜豔色趣味的情形卻是一致。《詩畸》擊缽吟共 39 題 227 首，這 39 題中直接以女性為題者有：〈老伶〉、〈老妓〉、〈五妃墓〉、〈逢舊識妓〉、〈燒香女〉、〈泥美人〉、〈下第別妓〉、〈逃婢〉。但〈五妃墓〉、

30　吳德功著、江寶釵校註：《瑞桃齋詩話》（臺北：麗文文化，2009），頁 119-120。

〈燒香女〉、〈逃婢〉三題基本上不涉豔情；而〈女兒酒〉、〈白燕〉、〈砧聲〉、〈酒痕〉、〈花影〉、〈乞花〉、〈夏閨〉、〈秋閨〉、〈菊枕〉等詠物詩，則多以綺麗的文字描寫景物或閨怨情懷，屬綺豔詩的範疇。由此來看，39 題中有 14 題可歸入綺豔詩的範疇，數量不少。先以丘逢甲（1864-1912）〈酒痕〉限東支庚韻為例說明：

> 曾記尋歡酒不辭，舊痕重認倍相思。榴花裙汙猶留處，杏子輕衫未褪時。環影似分杯底印，麴香疑帶盍中脂。忽忽一醉杭州夢，襟上重題白傅詩。（仙根）

《詩畸》的 39 題擊缽吟中，有 35 題可以看見丘逢甲的作品。更精準的說，《詩畸》227 首詩中，唐景崧佔了 67 首最多，其次是丘逢甲 50 首，排名第三的則是施士洁（1853-1922）30 首。上引詩作內容，丘逢甲寫過往尋歡留下的酒痕，以及因酒痕勾起的相思，全詩最富香豔之處就是「榴花裙汙猶留處，杏子輕衫未褪時」兩句，引人遐想。《詩畸》中這樣帶有豔色趣味的詩作不少，不過，若以唐景崧、丘逢甲、施士洁三人相較，唐景崧的擊缽吟遊戲性質較濃，豔情成分則低於丘逢甲與施士洁。試看〈花影〉限冬江支韻：[31]

> 萬花開向影娥池，半入圖中半入詩。香國日高風定後，錦城雲破月來時。殘燈照夢催鶯起，明鏡勾魂惹蝶痴。最好美人簪雨鬢，依稀背面露丰姿。（澐舫）

> 絕似佳人影裡逢，賞花不獨愛花容。風搖檻曲疏還密，月印窗痕淡復濃。院本新歌雲破弄，宮詞佳句日高重。碧桃更肖離魂女，隔樹亭亭向阿儂。（仙根）

31　原書題為「〈花影〉限冬江友韻」，根據韻目，「友」應為「支」之形誤。以下三首詩見唐景崧主編：《詩畸》，收入《臺灣先賢詩文集》第 5 冊（臺北：臺灣中華書局，1971），頁 3135。

亞字闌干花兩重，花真花假巧相逢。夫人步　障宮中影，妃子
瑤臺月下容。春謝有時收小照，雨來無處覓芳蹤。是空是色由
來幻，誤盡迷香夜蝶蜂。（南注）

〈花影〉一題早在道咸時期就已看到。日治初期王松《臺陽詩話》：
「〈花魂〉、〈花氣〉、〈花顏〉、〈花影〉，此潛園吟社題也。時同詠四十
餘人，具高才飽學之士，工力悉敵，不易軒輊。」[32]可知〈花影〉為舊
題。花影，既寫花更寫美人，第一首施士洁「最好美人簪兩鬢，依稀背
面露丰姿」，從美人背影收尾，扣合詩題。第二首丘逢甲以「絕似佳人
影裡逢，賞花不獨愛花容。」破題，可見花影即美人身影，故丘逢甲結
尾人花雙寫，以碧桃之影比擬美人身影，隱約中亭亭而來。第三首唐
景崧從花起筆，再由花寫美人，最後「是空是色由來幻，誤盡迷香夜蝶
蜂。」轉入理趣。值得補述的是，乙未割臺後的 1897 年 12 月 4 日，
鹿苑吟社第一期課題題目也有〈花影〉一題。[33]而鹿苑吟社詩人洪棄生
《壯悔餘集》的第一首詩就是〈花影〉（有感和友），詩中「灃蘭沅芷牢
騷意，付與東風寫斷魂」[34]的意在言外，別具香草美人之思，又與《詩
畸》中〈花影〉諸詩的遊戲豔情大不相同了。[35]

三、遊戲與豔情：清代臺灣擊缽吟與香奩體的相互影響

擊缽吟在同光時期傳入臺灣，從兩本代表集子——《竹梅吟社詩
鈔》與《詩畸》來看，豔色趣味隨處可見。如果說，詩人的價值觀和時
代潮流促使了香奩體數量的增加，那麼改變詩人價值觀與時代潮流的應
該就是擊缽吟。

32　王松：《臺陽詩話》（南投：臺灣省文獻委員會，1994），頁 23。
33　《臺灣新報》第 371 號，第 4 版，1897 年 12 月 4 日。
34　施懿琳主編：《全臺詩》第 17 冊，頁 406。
35　關於洪棄生香奩體所隱藏的香草美人之思，詳見本書第三章。

　　擊缽吟的本質在於遊戲與社交，詩酒唱酬，屬風雅韻事，關於這一點，從唐景崧《詩畸・序》中追憶過往的詩鐘盛會可以看出。唐景崧因惋惜過去的詩鐘競賽「稿本散佚，視為遊戲，不復愛惜。」[36] 是以特地編《詩畸》存世，足見當時普遍認為詩鐘為一種遊戲；然而此序也說明選錄標準：「凡稍與會者，雖數聯必錄，而齔學如兒子運溥輩，亦採廁其間，所以勵其風雅之志也。」[37] 又反映了唐景崧視詩鐘為風雅之舉，所以鼓舞兒子參與。在這裡，唐景崧雖沒有特別提到擊缽吟，但擊缽吟一直與詩鐘息息相關，且《詩畸》一書同時收錄詩鐘與擊缽吟，足見兩者性質相同，因此唐景崧《詩畸・序》的種種言論，也存在於擊缽吟身上。而認為詩鐘與擊缽吟既是遊戲，也是風雅的看法，幾乎是當時與會文人的普遍見解。例如施士洁在《詩畸補遺・自序》曾回憶年輕時旁觀詩鐘競賽遊戲，有「不禁羨極」之感，能知他視詩鐘為風雅之事。[38] 故成名後的施士洁熱愛詩鐘與擊缽吟，可謂其來有自。

　　再看蔡啟運。《竹梅吟社詩鈔》收錄的擊缽吟以蔡啟運作品最多，這與他是編者有密切關係。蔡啟運現存詩作以擊缽吟為主，內容多香奩體，儘管他推動擊缽吟、主持詩酒風流，也常在擊缽吟會中拿到第一名，是當時風流人物。但連橫的評論：「櫟社前社長蔡啟運先生，風雅士也，耆年碩德，眾咸敬止。啟運固竹梅吟社員，慣作擊缽吟詩。每出一題，輒咸數首，以誘掖後學。及櫟社議刊同人集，諸友各有佳構，而啟運之詩則大費選擇，以擊缽吟外少制作也。然則欲學作詩，切不可專工此道，僅爭一日之短長也。」[39] 顯然對蔡啟運慣作擊缽吟以致無佳作感到遺憾，更提醒作詩者切莫專工擊缽吟。足見擊缽吟因遊戲、社交的

36　唐景崧主編：《詩畸》，頁 2755。
37　唐景崧主編：《詩畸》，頁 2755。
38　施士洁：《詩畸補遺・自序》，因原稿已佚，此處轉引自黃典權：〈斐亭詩鐘原件的學術價值〉，《成大歷史學報》第 8 號（1981），頁 113-141。
39　連橫：〈詩薈餘墨〉，收入《連雅堂先生全集・雅堂文集》（南投：臺灣省文獻委員會，1992），頁 265。

性質過於明顯，很少被視為是抒發個人胸懷的最佳管道。

正因為擊缽吟集風雅、遊戲、社交於一身，因此在擊缽吟中書寫豔情既是遊戲之舉，更是稀鬆平常的事，所以才會有平時不寫香奩體者，如丘逢甲，卻在《詩畸》中留下許多豔詩。至於一向風流多情的施士洁，則不論是在擊缽吟或是平時的個人創作，都有大量香奩體。香奩體隨著擊缽吟的興起而開始流行，但此時期的複雜處在於臺灣文人對於香奩體的認識有很大的差異。以同光時期代表詩人丘逢甲、施士洁來看，香奩體可以說是丘逢甲的遊戲、應酬、競賽之作，平時的個人創作少見豔詩；但就施士洁而言，其看待香奩體的角度並不完全出自於遊戲，而是認為香奩體中還有寄託。施士洁早年寫的〈覽古〉一詩：「韓偓集香奩，不必麗以則；孤忠世豈知？所願清君側。」[40]表達韓偓的香奩體不是單純的豔詩，而是藏有志節。事實上，類似的言論施士洁重複了數次，〈疊次韻答雁汀韻再答〉：「美人在何許，癡想古夷光。試誦莘田句，吟箋草自香。好色本國風，騷人性不滅。所以屈靈均，字字芷蘭擷。草幽香可憐，香幽不可掇。……」[41]又如〈復女弟子邱韻香書〉「……他如韓偓『香奩』、徐擒『宮體』，而愛國忠君之念，寄託遙深；其用典尤匪夷所思矣。」[42]都是將香奩體視為「香草美人」的寄託，能知他看待香奩體的視角絕非僅是遊戲與豔情。

只不過，矛盾的是施士洁雖沒有將香奩體視為遊戲與社交之作，但他個人的香奩體卻常常看不到嚴肅性。在《詩畸》是如此，在個人詩集——《後蘇龕詩鈔》收錄的早年香奩體也是如此：

> 今番買得客中春，萬字羅巾不斷紋。取出香奩親手贈，相攜珍
> 重爪尖痕。（〈月津寄答笨津碧玉〉五首之三）[43]

40　施懿琳主編：《全臺詩》第 12 冊，頁 5。
41　施懿琳主編：《全臺詩》第 12 冊，頁 359。
42　施士洁：《後蘇龕合集》（南投：臺灣省文獻委員會，1993），頁 376-379。
43　施懿琳主編：《全臺詩》第 12 冊，頁 37。

這是施士洁年輕時寫的贈妓詩，流露對歌妓碧玉的相思，全詩淺白如話，與施士洁一向愛用典故雅字的習慣大不相同，可能是因寫給碧玉，是以文字較簡單。連橫《臺灣詩薈·餘墨》曾說施士洁：「施耐公山長有〈艋津贈阿環〉七律三十首，滯雨尤雲，憐紅惜綠，置之《疑雨集》中，幾無以辨。及後自編詩集，棄而不存，然清詞麗句，傳遍句闌，可作曲中佳話。」[44] 如今《後蘇龕詩鈔》已不見〈艋津贈阿環〉三十首，卻留下〈月津寄答笨津碧玉〉，顯見〈月津寄答笨津碧玉〉的豔情程度遠低於〈艋津贈阿環〉，因此才能留下。但不管如何，這些被歸入香奩體的詩作，都沒有施士洁所謂的香草美人之思。由此，可以看到被施士洁高舉出來的「風騷精神」，似乎僅是託詞。換言之，在 1895 年以前，施士洁書寫香奩體的動機應該非常純粹，多數都是出於遊戲、豔情、社交，但 1895 年之後，感於易代之悲，或者因為他人的指摘，[45] 開始強調豔情中不忘志節，為自己寫下那麼多香奩體做一個有力的辯解，更為香奩體賦予深意。

擊缽吟的興起既然與香奩體的流行有關，那麼，為何「豔情」會大量滲入擊缽吟？箇中原因，當又與藝旦賦詩侑觴有關。臺灣藝姐的出現約是清末同治年間，[46] 而臺灣擊缽吟也是同光時期興起。藝姐，又稱藝旦，沿襲中國書寓和校書的培訓方式，不同於一般娼妓，賣藝不賣身。擊缽吟是文人間遊戲競賽的產物，詩酒風流之際自然免不了藝旦相陪。擊缽吟風行時，藝旦相陪的情形自然更為常見，這也說明了為何《竹梅吟社詩鈔》與《詩畸》中會有這麼多以女性為主的詩題。古來文人的生

44　連橫：《臺灣詩薈》第 2 號，1924 年 3 月，收入《連雅堂先生全集·臺灣詩薈》上冊（南投：臺灣省文獻委員會，1992），頁 100。

45　施士洁在〈復女弟子邱韻香書〉「……他如韓偓『香奩』、徐摛『宮體』，而愛國忠君之念，寄託遙深；其用典尤匪夷所思矣。」之所以特別將忠君愛國與香奩、宮體相提並論，是因為收到署名「陳無忌」的信，批評他寫給女弟子邱韻香的詩中大量引用古代名妓的典故，近於不倫。因此施士洁才舉例說明香奩、宮體中，也可以有志節。施士洁：《後蘇龕合集》，頁 376-379。

46　邱旭伶：《臺灣藝姐風華》（臺北：玉山社，1999），頁 12。

活型態不乏流連風月者，隨著道咸以後臺灣文風漸盛，加之同治年間臺灣藝旦出現，文人在溫柔鄉中以綺詞麗句歌詠佳人，在擊缽吟中以豔色趣味取勝，都是香奩體在清末臺灣興起的重要因素。

在時間接近 1895 年時，擊缽吟的創作熱潮也達到最高點，施士洁曾回憶這段往事：「我憶中丞開府日，牡丹百本鬥新年（乙未（1895）新正，唐中丞結「牡丹詩社」。）」[47] 1894 年 7 月底，中日甲午戰爭開打，一直到 1895 年元月，清軍幾乎是節節敗退。然而此時的臺灣，由唐景崧主持的牡丹詩社仍持續詩酒風流，清軍失利的消息似乎沒有影響到這群文人鬥詩遊戲的心情。直到 1895 年 4 月 17 日馬關條約簽訂，乙未割臺造成臺灣天翻地覆的大裂變，此後臺灣文人大量標榜香奩體的言外之意，藉以表達割臺後的孤臣孽子心。至此，與擊缽吟關連甚深的香奩體，真正有了遊戲、豔情之外的香草美人之思，不再是純然的豔色趣味，而清代臺灣香奩體的時代意義，也由此突顯出來。可以說，清代臺灣香奩體的意義，是受乙未世變激發出來，前文所提施士洁在乙未後反覆強調香奩體的言外之意便是一例。

此外，乙未後的臺灣文人遙想割臺前的擊缽鬥詩，凡提及斐亭詩鐘，多以為是韻事之始、風雅之舉。如日治時期魏清德（1887-1964）提及斐亭詩鐘，亦是正面肯定，〈瀛社觀菊會即事寄懷各社詞宗〉：「回首斐亭鐘，去去忘歸矣。」[48] 藉由「楚弓楚得」的典故，表明從斐亭以來的詩酒酬唱，沒有因改朝換代而終止，難能可貴。也就是說，儘管在客觀面向上，擊缽吟雖沒有嚴肅主旨也不能反映社會現實，但在日治時期臺灣文人的回顧中，仍是一段風雅韻事。連橫〈南社小集〉：「斐亭鐘斷後，南社復興時。」[49] 同樣認為南社延續了斐亭吟社的詩酒風流，

47　施士洁〈意有未盡輒書紙尾〉六首之二，施懿琳主編：《全臺詩》第 12 冊，頁 164。
48　魏清德著，黃美娥編：《魏清德全集》第 1 卷（臺南：臺灣文學館，2013），頁 132-133。
49　施懿琳主編：《全臺詩》第 30 冊，頁 89。

反映對斐亭吟社的嚮往。魏清德、連橫不可能沒看過《詩畸》收錄的作品，但對書中的遊戲與豔情卻未曾貶低。由此，可見臺灣雖遭逢割臺之痛，後人仍正面看待同光時期的擊缽吟，以為擊缽吟推動了詩酒唱酬，並不在意擊缽吟中充斥大量的香奩體。

　　不過，值得追問的是，香奩體因屬豔詩，在過去一直飽受道德批判，最明顯的例子便是南朝宮體詩始終背負著亡國的罪名。[50] 而在臺灣，儘管清代同光以來興起的擊缽吟幾乎看不到嚴肅主旨，大量的香奩體多的是遊戲與豔情，但日治時期的臺灣文人，仍舊正面肯定，很少批評它。即便是公開反省擊缽吟與香奩體弊病的連橫，也沒有批評過清代臺灣的擊缽吟與香奩體。相反的，連橫提及斐亭吟社、乃至清代臺灣香奩體好手施士洁都有正面評價。[51] 為何日治時期的臺灣文人，如此正面肯定清代臺灣的擊缽吟，且正面看待擊缽吟中的香奩體呢？下面魏清德的這首詩或許能為我們提供解答：

> 臺灣懸海外，壇坫孰名家。發祥斐亭鐘，韻事始萌芽。當時戎馬間，志豈在詞華。聊復抒忠憤，遺老寄思遐。有詩科舉盛，八比競浮誇。試帖常忽略，曾不掛齒牙。降及丘與施，藻思浩無涯。仙根騁才力，大鼓雷門撾。澐舫極淹博，為學正而葩。扶輪唐巡撫，獎美日以加。迨夫版圖易，撫綏及瘡痏。崇以揚文會，耆舊皆嘆嗟。果然是同文，聲氣兩無差。蔗庵殿其後，作者猶盤拏。晚近世風變，私地僅鳴蛙。碩果存無幾（作者：

50　「宮體詩」，指由南朝梁簡文帝蕭綱所代表的「宮體詩」。因蕭梁王朝覆滅，是以後世對宮體詩的評價不高，甚至傾向負面論斷，直到近年開始有學者重新省察宮體詩的定位與影響，以澄清歷來對宮體詩的誤解。參閱田曉菲：《烽火與流星：蕭梁王朝的文學與文化》（新竹：清華大學出版社，2009），頁1-12。

51　連橫：「施耐公山長有〈艋津贈阿環〉七律三十首，滯雨尤雲，憐紅惜綠，置之《疑雨集》中，幾無以辨。及後自編詩集，棄而不存，然清詞麗句，傳遍句闌，可作曲中佳話。」連橫：《臺灣詩薈》第2號，1924年3月，收入《連雅堂先生全集‧臺灣詩薈》上冊（南投：臺灣省文獻委員會，1992），頁100。

「癡仙、月樵、石秋、基六、聯玉、雲石、劍花、伊若、小
眉、南強、沁園輩，皆先後捐館。」），後起紛如麻。同能已足
稱，何暇論瑜瑕（作者註：「擊缽吟體盛行，終南捷徑，往往
不暇取法乎上。」）。我懷衣洲老，神韻良堪嘉。難得青厓翁，
載筆來詩槎。即茲彈指頃，陳跡夢中賒。悠悠綠陰傍，晨興拾
殘花。抱殘與守闕，煉石無皇媧。詩人重品格，所貴思無邪。
願將忠厚情，一掃調淫哇。（〈臺灣誌囑余作詩並尚論臺灣漢詩
因漫賦古風一章應之工拙所不計也〉）[52]

這首寫於 1941 年的詩，是一首評論臺灣漢詩發展的論詩詩。魏清德在
詩中以 1895 年乙未割臺為分水嶺，為臺灣漢詩發展做一個前後對照，
從中能看到幾個重點：

其一，肯定 1895 年以前的斐亭吟社與代表文人。魏清德認為臺灣
孤懸海外，直到唐景崧成立斐亭吟社，臺灣詩歌才真正進入萌芽發展階
段。「斐亭鐘」在臺灣的意義，便是發揚了「詩」的真正精神。儘管當
時中國內憂外患不斷，可是魏清德以「當時戎馬間，志豈在詞華。聊復
抒忠憤，遺老寄思遐。」讚美清末臺灣文人的詩歌不是在詞藻上逞才，
而是抒發忠憤。然而，魏清德也提到乙未以前八股文與試帖詩不是提振
臺灣詩歌的法門，反而是和科舉無關的詩社與詩社活動，才是振興詩學
的關鍵所在。由此來看，這個振興詩學的關鍵，便是唐景崧與「斐亭
鐘」。之後，魏清德再舉丘逢甲與施士洁為例，盛讚丘逢甲才力過人，
施士洁博學多聞，因而受到唐景崧的嘉美。可以看到，魏清德對於乙未
之前便已成名的臺灣文人如施士洁、丘逢甲是大力推崇，對於唐景崧更
認為有提升臺灣詩風之功。

其二，肯定 1895 年之後日人倡導的詩文活動，批評臺灣盛行的
擊缽吟。乙未之後，日本殖民臺灣，日本總督兒玉源太郎與上山滿之

52　魏清德著，黃美娥編：《魏清德全集》第 2 卷，頁 223。

進舉辦詩會與臺人交流，魏清德對此大加肯定。及至日治中期後，隨
著許多臺灣文人如林癡仙、洪棄生、謝維岳（？-？）、陳錫金（1867-
1935）、陳貫（1882-1936）、趙鍾麒（1863-1936）、連橫、莊嵩、林景仁
（1893-1940）、林幼春（1880-1939）、陳懷澄（1877-1940）先後逝世，
後起之輩雖多，卻無法與這些前輩詩人相提並論。為什麼呢？魏清德特
以註腳說明擊缽吟是詩人成名的「終南捷徑」，批評後生晚輩急於作詩
成名，擊缽吟成了最佳管道。所謂「晚近世風變」，所變者就是後起之
輩熱衷擊缽吟，使詩歌品質下降，未能真正發揚臺灣漢詩。是以最後重
新呼籲「詩人重品格，所貴思無邪。願將忠厚情，一掃調淫哇。」由此
可見，魏清德的詩歌標準是「思無邪」，屬傳統風雅詩教。在這樣的標
準上，他讚揚 1895 年之前的臺灣文人，肯定 1895 年之後提倡詩文的日
人與優秀的臺灣文人，反對當下專工擊缽吟、走終南捷徑的年輕詩人。

　　由於魏清德在臺灣文壇舉足輕重，他的看法應該反映了當時文人的
普遍觀點。就擊缽吟來說，連橫早在 1906 年便以「反對擊缽吟」作為
詩界革新的第一步。[53] 這樣的論點在 1906 年可謂十分先進，但也踩到
部分傳統文人的底線，因此連橫與陳瑚筆戰，最後林癡仙出面調停，雙
方休戰，連橫後在 1909 年正式加入櫟社。連橫對擊缽吟的態度，到了
1924 年仍然沒有改變，又云：「擊缽吟為一種游戲筆墨，朋簪聚首，選
韻圖題，鬥捷爭工，藉資消遣，可偶為之，而不可數；數則其詩必滑，

53　連橫：「夫詩界何以革新？則余所反對者如擊缽吟。擊缽吟者，一種之遊戲也，可
　　偶為之而不可數，數則詩格自卑，雖工藻繢，僅成土苴。故余謂作詩當於大處著
　　筆，而後可歌可誦。詩薈之詩，可歌可誦者也。內之可以聯絡同好之素心，外之
　　可以介紹臺灣之作品。」參閱連橫，《詩薈餘墨》，收入《連雅堂先生全集‧雅堂
　　文集》，頁 294；又見《臺灣詩薈》第 9 號，1924 年 10 月，頁 572。上引文字，
　　連橫先是在 1906 年發表於《臺南新報》，及至 1924 年連橫發行《臺灣詩薈》雜誌
　　時，又重新寫入餘墨中，並交代始末。關於此文的發表時間，係翁聖峰考察張麗
　　俊《水竹居主人日記》第 1 冊時首先發現。詳閱翁聖峰《日據時期臺灣新舊文學
　　論爭新探》（臺北：五南出版社，2007），頁 82。

一遇大題，不能結構。而今人偏好為之，亦時會之使然歟？」[54] 連橫對擊缽吟的批評，正好反映時人好為擊缽吟的現象，而背後的原因，與魏清德所言「終南捷徑」密切相關。

　　或許是因為日治時期的詩歌品質日益低落，甚至擊缽吟成了年輕詩人求名的捷徑，所以日治時期的臺灣文人如連橫、魏清德，回頭去看 1895 年之前的臺灣詩壇，以及推動詩歌創作風氣的唐景崧與「斐亭鐘」，都是極力讚美。不論擊缽吟的遊戲與豔情是否真的寄託了言外之意，在後人的眼中，「斐亭鐘」的詩酒風流是風雅韻事，發揚了詩歌精神。而這樣推崇「斐亭鐘」的觀點，再結合前文所述清代臺灣擊缽吟與香奩體的相互影響，便不難理解為何日治時期的臺灣文人，多能正面看待清代臺灣擊缽吟與擊缽吟中的香奩體。既然清代臺灣擊缽吟是提振詩歌的關鍵，而擊缽吟中的豔情也有香草美人之思，回歸風雅詩教，那麼，清代臺灣香奩體的時代意義就此展現，那便是風情與風教的結合。

四、小結：清代臺灣香奩體的時代意義

　　清代臺灣香奩體的發展，大略可以分為兩個階段：第一是乾嘉道咸時期的萌芽階段。最早，從章甫的集句詩，可以看到黃任《香草箋》在乾嘉時已傳入臺灣並受到時人的喜愛，且《香草箋》在當時宦遊文人的閱讀視野已是落在楚騷精神上，不是單純風花雪月的綺麗詩句。而道咸時期臺灣文人創作的香奩體數量雖略為成長，但整體而言仍屬少數。儘管黃任《香草箋》繼續在臺灣詩壇流傳，不過香奩體並沒有形成風潮。第二是同光時期的流行階段。透過《詩畸》與《竹梅吟社詩鈔》兩部擊缽吟集，正好反映出香奩體在臺灣開始流行。擊缽吟雖為競賽遊戲之作，仍被詩人視為風雅之舉，有鼓舞之功，故樂此不疲。而聯吟盛會

54　連橫：《詩薈餘墨》，《臺灣詩薈》第 1 號，1924 年 2 月，收入《連雅堂先生全集·臺灣詩薈》上冊，頁 49。

除了鬥詩競賽外，藝旦佐酒賦詩，促使擊鉢吟出現許多以女性為主的題目，和描寫女性容貌、神情的作品，致使擊鉢吟逐步走向豔情化。當豔色趣味成為競賽爭勝的利器時，擊鉢吟自然更多香奩體，擊鉢吟越熱烈，香奩體數量也越多，兩者環環相扣，助長香奩體的流行，最終形成一股綺豔詩風蔓延到日治時期。可以說，光緒年間擊鉢吟的熱潮與藝旦文化的助長，推動了臺灣香奩體的發展。

正因擊鉢吟為鬥詩競賽的遊戲，書寫豔情不過是為了遊戲性與社交性，一如丘逢甲可以在《詩畸》以香奩體爭勝，但平時的個人創作卻少見豔色，反映《詩畸》中的香奩體不被丘逢甲看作是言志之作。不過，與此同時，熱愛創作擊鉢吟與香奩體的施士洁，卻轉從傳統風雅詩教來包裝香奩體，進而提升香奩體的價值。身為擊鉢吟與香奩體的最大愛好者，施士洁很早便標舉香草美人之思來支撐豔情書寫，為自己喜歡書寫豔情作一公開宣示——豔情中仍有志節。

雖然施士洁如此宣示香奩體的價值，但從客觀面來看，真正的香草美人之思很少體現在 1895 年之前的香奩體。《詩畸》與《竹梅吟社詩鈔》收錄的作品，說明了乙未以前的香奩體幾乎是純粹的遊戲與豔情之作。然而，有趣的是，不論時人（如施士洁）或後人（如連橫、魏清德），提及光緒時期唐景崧主導的詩酒風流，卻幾乎都是正面肯定，甚至對於擊鉢吟中的香奩體，也不以風花雪月視之。至此，清代臺灣香奩體的時代意義，隨著後人的正面看待而顯現——抒發忠憤別有寄託。換言之，清代臺灣香奩體的時代意義，是乙未世變後臺灣文人的刻意賦予，意在傳達抵抗。可惜的是，隨著時間日久，日治臺灣詩社林立、詩人輩出，香奩體與擊鉢吟仍為時代潮流，卻逐漸變成詩人求名的終南捷徑，而這又是日治臺灣漢詩發展的另一番風景了。

第三章
建構風雅：洪棄生香奩體與遺民詩學

　　清代同光時期在臺灣詩壇開始流行的香奩體，經過乙未後依舊盛行不衰，且從施士洁以「楚騷精神」、「香草美人」賦予香奩體深義後，這樣認為香奩體是豔情中隱藏志節的看法，逐漸影響到許多臺灣文人的詩歌觀，慢慢變成一種普遍共識。這其中，最具代表性也最能反映這種觀點的詩人便是洪棄生（1866-1928）。洪棄生畢生關懷社會民生，留下許多反映現實、憂國憂民的詩篇，被後世譽為「臺灣詩史」。這樣一位以風骨自持，不受日人威逼利誘的詩人，其人其詩得到許多讚揚與肯定。然而，細覽洪棄生所有詩作，卻另有一特殊題材——「香奩體」，也在《寄鶴齋詩集》中，且為數不少。

　　洪棄生寫下這麼多的香奩體，足見對香奩體有一定的喜好，何以洪棄生欣賞香奩體並大量創作？很重要的一個理由就是「香草美人」。事實上，洪棄生在乙未割臺後所作的《壯悔餘集》全是香奩體，其中〈花氣〉一詩便開宗明義：「莫將剩粉殘膏恨，併作閒香一例收。」表達了香奩體是言外有意，意在傳達抵抗意識與遺民精神。不過，洪棄生作香奩體，並非從 1895 年割臺後才開始，早在年少時的《謔蹻集》（約收錄 1885 至 1895 年的詩作），便有許多綺豔詩，足見年少時的洪棄生，固然有〈蒿目行〉、〈催科吏〉、〈賣兒翁〉等關懷民生之作，卻也不乏浪漫情思。這些早年香奩體的書寫動機，想必與乙未割臺後的「剩粉殘膏恨」有所不同。由於清代臺灣詩壇自同光以後便開始流行華美詩風，洪棄生香奩體在割臺前後的差異，不僅是個人詩風的轉變，從中還能一窺臺灣香奩體的微妙變化。

　　本章以洪棄生香奩體為例，論述「香草美人」作為一種思維模式，是如何回歸風雅、抵抗殖民。如果 1895 年的乙未世變，催化了香奩體背後的香草美人文學傳統，那麼洪棄生的《寄鶴齋詩話》與香奩體，便是證成風騷精神與遺民詩學的最佳例證。當香奩體屢屢與「風雅話語」連結的同時，回歸風雅傳統與抵抗殖民的姿態已清楚呈現。

一、出風入雅：洪棄生的香奩體認識

　　洪棄生一生創作的香奩體數量甚豐，從早年的《謔蹻集》（約作於20-30 歲，1885-1895 年），能見 20 歲的年輕詩人早早便開始了香奩體的創作。《謔蹻集》中的香奩體，有從擬古詩入手，如〈子夜歌〉八首、〈豔歌行〉、〈怨歌行〉；還有直接標明「豔詩」者，如〈豔詩六首為新婚者乞題帳〉；或是在序文中直接提及香奩豔情者，如〈房中詠八首再戲友人〉；以及在題目與詩句中處處流露仿效李商隱的〈無題〉三十首。此外，尚有許多涉及男女相思的情詩，如〈長相思〉、〈惜別〉四首等等。及至壯年所作的《披晞集》（約作於 30-40 歲，1895-1905 年），這部詩集雖香奩體的數量大大減少，但仍能見〈有所思效玉臺體〉十首，顯然詩人沒有忘懷香奩體。甚至到了中晚年的《枯爛集》（約作於40-52 歲，1905-1917 年），亦能看到〈南唐宮詞〉二首。[1] 當然，最重要的還有作於 1897 年的《壯悔餘集》，洪棄生直接點明此集全是香奩詩且是別有寄託。凡此種種，都足以說明洪棄生非常喜愛香奩體。到底洪棄

1　關於洪棄生各詩集《謔蹻集》、《披晞集》、《枯爛集》、《壯悔餘集》的創作時間，在此依據程玉凰、陳光瑩選注《洪棄生集》的說明為主。其中較為不同的是《枯爛集》的創作時間，吳福助所校《全臺詩》第 17 冊以為是 1905 年至 1915 年，與程玉凰在《嶙峋志節一書生：洪棄生及其作品考述》一書中最早的考據相同。參閱程玉凰：《嶙峋志節一書生——洪棄生及其作品考述》（臺北：國史館，1997），頁 276-277；施懿琳主編：《全臺詩》第 17 冊（臺南：臺灣文學館，2011），頁 2；程玉凰、陳光瑩選注：《洪棄生集》（臺南：臺灣文學館，2012），頁 19-20。

生是如何看待香奩體？關於這個問題，或能從「香奩體」與「麗詞」兩
方面來看。

首先，對「香奩體」的認識何在？洪棄生在《寄鶴齋詩話》評論福
建詩人黃任時，有直接的回應：

> 永福黃莘田著《秋江集》，其集中清思秀致，如讀繭抽絲，朱
> 繩出響，誠可玩味，然近體在溫李之間，若古體尚覺寒澀，不
> 成家數，而後來榕城採風，騷壇敘譜，必於黃先生競屈一指，
> 可為身後之極樂矣。惟其集中之詩，氣象雖隘，而出風入雅，
> 色澤可愛，香豔宜人，無一俚俗淺率之處，亦乾嘉中所不能多
> 得耳。[2]

清初福建詩人黃任的《秋江集》、《香草箋》，是清代傑出的香奩體，也
是清代臺灣文人認識香奩體的重要詩集，同光以後臺灣詩壇開始流行香
奩體，黃任實功不可沒。[3] 洪棄生指出黃任香奩體「氣象雖隘」，但仍以
為「出風入雅，色澤可愛，香豔宜人，無一俚俗淺率之處」，大加肯定
香奩體。此外，洪棄生在〈還長生殿束〉也讚揚黃任詩：「清脆抒懷，
香豔遂造」。[4]「香豔」一語，在中國詩歌批評中不能說是一個褒揚的話
語，然而洪棄生從不諱言「香豔」，且屢以「香豔」作為讚美的用語，
並將之與「風雅」、「可愛」、「抒懷」等相提並論，足見對香奩體中的
「香豔」沒有貶意。

類似的評價，還可見其評論易順鼎（1858-1920）的《眉心室悔存
稿》：

> 偶於施悅秋先輩處，見近人刻《眉心室悔存稿》，悉香奩詞，

2　洪棄生，《寄鶴齋詩話》（南投：臺灣省文獻委員會，1993），頁 50。
3　關於清初福建詩人黃任對臺灣詩壇的影響，參閱林文龍：〈黃任《香草箋》對臺灣
　　詩壇的影響〉《臺灣文獻》第 47 卷第 1 期（1996 年 3 月），頁 207-223。
4　洪棄生：《寄鶴齋古文集》（南投：臺灣省文獻委員會，1993），頁 306。

其中豔情逸韻，錦心繡口，藻思橫溢，直欲突過溫李，不止上
掩王次回、黃莘田也。……東坡之不逮古人，只時俗語多耳，
今人如袁子才，時俗語較宋人尤不勝其繁，雅音何由奏耶？[5]

這段評論有兩個重點值得一探：一是洪棄生對《眉心室悔存稿》的高度
評價。讚美「其中豔情逸韻」，也是「錦心繡口」，甚至「直欲突過溫
李，不止上掩王次回、黃莘田也。」透過王次回（明人王彥泓，1593-
1642）、黃莘田，以及晚唐溫李的比較，突顯《眉心室悔存稿》中豔色抒
情之美。事實上，除了晚唐溫李外，明末王彥泓《疑雨集》與清初黃任
《香草箋》是日治時期臺灣詩壇最重要的兩本香奩體詩集，影響著日治
時期臺灣詩人的審美與創作。[6]而洪棄生特別列舉王彥泓與黃任為例，
也正好反映二人的香奩體在當時確實很受歡迎。二是「時俗語」與「雅
音」的對比，突顯詩人欣賞含蓄蘊藉的詩歌特質。因此最後「雅音何由
奏耶」的詰問，大有將香奩體視為「雅音」再現之意。

　　洪棄生論詩向來注重「風雅」，其詩學觀不離傳統詩教，上追風騷
精神，強調溫柔敦厚。[7]不過，洪棄生雖以風雅論詩，卻對一向被視為
豔詩的香奩體語多褒揚，甚至以「出風入雅」提升香奩體的價值，彌補
香奩體氣象不高、功用狹隘的缺點，足見對香奩體的正面肯定。到底為

5　洪棄生：《寄鶴齋詩話》，頁 59-60。

6　例如 1924 年連橫便曾說過：「今之作詩者多矣，然多不求其本。《香草箋》能誦
　　矣，《疑雨集》能讀矣，而四始六義不識，是猶南行而北轍、渡江而舍檝也。難矣
　　哉。」批評當時臺灣詩人的毛病之餘，正好反映《香草箋》、《疑雨集》受到臺人
　　的喜愛。參閱連橫：《臺灣詩薈》第 1 號，1924 年 2 月（南投：臺灣省文獻委員
　　會，1992），頁 28。

7　洪棄生的論詩態度，基本上以「風雅」為主，且因遭逢亂世，對變風變雅亦有高
　　度重視，《寄鶴齋詩話》中常見變風變雅的評論，如「小雅變雅，亦多為杜公北
　　征、出塞諸詩所祖。」「杜公詩，多得變風遺音，此外惟陸公詩亦然……」關於洪
　　棄生以「風雅」為準則的詩歌觀與創作觀，詳見陳怡如：《回歸風雅傳統——洪
　　棄生《寄鶴齋詩話》研究》（新北：輔仁大學中國文學系碩士論文，2005），頁 65-
　　158。

何洪棄生對香奩體情有獨鍾？究其原因，又與其對「麗詞」的看法有關。洪棄生欣賞麗詞，對「綺麗之詩」，另有一番見解：

> 「綺麗不足珍」者，謂其俳耳，不然建安詩未嘗不綺麗，李詩
> 亦何嘗不綺麗。[8]

李白在〈古風〉五十九首之一曾云：「自從建安來，綺麗不足珍。」[9]這樣的說法，主要是因為綺麗之詩較為重視對偶聲律與文字工巧，有時不免忽略了內容，故綺麗之詩在古典詩的傳統脈絡中有時會受到質疑，李白的批評應是源自於此。洪棄生翻轉此語，以為綺麗之詩也有佳作，並以建安詩與李白詩為例，兩者同樣都有綺麗特色，不會因此妨礙詩歌風骨。

然而，「綺麗」固然是洪棄生的審美品味，卻不是論詩的標準，「綺麗」仍需在「風雅」的基準上：

> 詩不麗不足以為詩，詩太麗亦不足以為詩。古詩才之麗，莫麗
> 於鮑明遠，試以今比，今人則樸矣，今人為麗不濫即浮，非古
> 人之麗也。[10]

詩需麗，又不可太麗，衡量「麗」與「太麗」的標準，就是「風雅」。其以鮑照為例，鮑照詩能反映社會現實，也有許多哀怨動人的閨怨詩，在洪棄生眼中，這樣的詩既有風骨又兼麗詞，不脫風雅精神。而所謂「今人為麗不濫即浮」，想來所指應是當時臺灣詩壇流行的香奩體。日治時期詩社林立，雖看似人人能詩，然而背後的事實卻是詩歌數量增加、詩歌品質下降。[11]

8　洪棄生：《寄鶴齋詩話》，頁11。
9　〔唐〕李白著，瞿蛻園等校注：《李白集校注》（臺北：里仁書局，1981），頁91。
10　洪棄生：《寄鶴齋詩話》，頁77。
11　日治時期詩社林立、作詩風氣普遍的社會現象，有許多客觀因素使然。詳閱黃美娥：〈日治時代臺灣詩社林立的社會考察〉，收入黃美娥：《古典臺灣：文學史‧

　　洪棄生欣賞麗詞，卻不欣賞「今人」浮濫的麗詞，顯見麗詞存在高低之分。至於如何分判高低，再看下一則對趙執信的批評：

> 趙氏《談龍錄》有涉於學究處，不可不知。……詩人吟詠，恆多寓言，故漢魏樂府詠到富貴處及美人處輒多鋪張，蓋詩人之設色然也，豈得而廢手？謂梁鍠美人臥為淫詞，不知梁詩有題作美人怨者，其詩雖不佳，亦不淫，趙本詩人，何論之腐耶？宋玉〈高唐〉、〈神女〉二賦，真淫詞，趙氏其謂之何？[12]

這段評論，如與前述詩之麗與太麗相互參看，益發凸顯洪棄生對麗詞的重視。洪棄生以為漢魏樂府的美人書寫，只是詩人的鋪張設色，更舉唐代詩人梁鍠（？-？）〈美人春臥〉為例，認為不能以「淫詞」視之。他反對從道德的角度看待豔情詩，故批評趙執信為「學究」，而最後一段以宋玉〈高唐〉、〈神女〉二賦作為比喻，更是從楚騷的視角出發來看待「淫詞」，如此一來，書寫美人與豔情可以是「恆多寓言」，讀者應細細體會，不該被表面的「鋪張設色」所迷惑。這樣的言論，對照洪棄生個人創作來看，確實一致。洪棄生雖以古風稱世，但也作有許多「鋪張設色」的詩歌，香奩體便是最佳例證，可見「淫詞」並不淫，只是風格綺麗，實際仍如宋玉〈高唐〉、〈神女〉二賦，隱藏比興寄託。而前述「今人為麗不濫即浮」的批評，就在於麗詞缺乏寄託，故而浮濫。

　　這樣以「香草美人」支撐豔詩、香奩體的看法，並非只出現在臺灣詩壇，在清代中國詩壇也早已有之。如紀昀（1724-1805）《玉溪生詩說》評李商隱無題詩〈颯颯東風〉一首云：「無題諸作，大抵感懷託諷，祖述乎香草美人之遺，以曲傳其鬱結。」[13] 又如納蘭性德（1655-

　　詩社・作家論》（臺北：國立編譯館，2007），頁 183-227。
12　洪棄生，《寄鶴齋詩話》，頁 91。
13　〔清〕紀昀編：《玉溪生詩說》上卷，《叢書集成續編》第 155 冊（上海：上海書店，1994），頁 362。

1685)〈填詞〉一詩:「冬郎一生極憔悴,盼與三閭共醒醉。美人香草可憐春,鳳蠟紅巾無限淚。」[14] 都是將綺豔詩、香奩體與香草美人傳統相連結。此外,現今學者歐麗娟研究清代袁枚的性靈譜系時,注意到學界共同忽略的「芬芳悱惻之懷」,才是袁枚性靈說的核心,從而耙梳出袁枚性靈說所欣賞的是晚唐香奩體,進而追溯南朝豔詩與楚騷精神——「芬芳悱惻」——的相互關係。如《隨園詩話》:「悱惻芬芳,非溫(庭筠)、李(商隱)、冬郎(韓偓)不可。」[15] 又,〈仿元遺山論詩〉三十八首之十一:「酷嗜莘田香草齋,芬芳悱惻好風懷。休嫌發洩英華盡,唐代詩原中晚佳。」[16] 所謂「芬芳悱惻之懷」,源頭出自蕭梁裴子野〈雕蟲論〉:「若芬芳悱惻,楚騷為之主。」[17] 指的是纏綿低徊、感蕩人心之處,也就是「一往情深」的至情至性。由此,形成「南朝宮體—晚唐溫李韓偓—南宋楊萬里—清袁枚」的詩歌系譜。[18] 以此來看,在清代中國詩壇看待南朝宮體、晚唐溫李韓偓的綺豔詩時,已不離楚騷精神。是以洪棄生屢屢將香奩體與香草美人相連結,並藉「風雅」提升香奩體的價值,不是標新立異。至於這樣的論詩傾向放置在當時的臺灣詩壇上有何意義?容後文再述。

14　〔清〕納蘭性德著,黃曙輝、印曉峰點校:《通志堂集》(上冊)第3卷(上海:華東師範大學出版社,2008),頁46。

15　〔清〕袁枚:《隨園詩話》第5卷(臺北:漢京文化公司,1984),第41則,頁149。

16　〔清〕袁枚著,周本淳標校:《小倉山房詩文集》(上海:上海古籍出版社,1988),頁689。

17　〔宋〕李昉等編:《文苑英華》第5冊,第742卷(臺北:新文豐出版社,1999),頁3873。

18　以上參閱歐麗娟:〈《紅樓夢》之詩歌美學與「性靈說」——以袁枚為主要參照系〉,《臺大中文學報》第38期(2012年9月),頁257-308。

二、乙未前後：洪棄生香奩體的書寫意義

洪棄生既以「風雅」論詩，同樣也以「風雅」看待香奩體，那麼其個人的香奩體作品是否也以此為準則來創作？這個答案基本上是肯定的，但也有例外的時候。例如洪棄生有許多純寫豔情的香奩體，與友人、側室相互戲謔調笑，這些作品便與前述具有風騷精神的香奩體大不相同。事實上，洪棄生對香奩體的認識與創作，儘管中心精神不變，然隨著年歲與經歷的不同卻也有些許轉變。以下便以乙未（1895）為界，觀察洪棄生香奩體的書寫歷程。

（一）乙未之前：士不遇的感慨

洪棄生最早的詩集《謔蹻集》，約作於 1885 年到 1895 年，收錄 20歲至 30 歲的作品。其中有許多思君、懷君之作，讀之似乎別有寓意。先看〈豔歌行〉：

> 美人婉且揚，明月流華光。美人清且麗，春風吹羅袂。薰以沉水檀，雜以秋江蕙。沐以婆婆香，佩以雲母桂。腰纏簇蝶裙，首戴盤龍髻。顧盼珠玲瓏，娉婷玉搖曳。身居華樓巔，謦咳不及地。窈窕懷君子，不願金吾婿。鴛鴦思比翼，芙蓉思並蒂。託處在深閨，含情復含睇。[19]

洪棄生此詩題為〈豔歌行〉，是模擬樂府詩〈豔歌羅敷行〉。〈豔歌羅敷行〉一名始見於《宋書‧樂志》卷二；《玉臺新詠》題為〈日出東南隅行〉；《樂府詩集》載入《相和歌辭‧相和曲》，題為〈陌上桑〉。〈豔歌羅敷行〉寫美人羅敷採桑陌上，其美令所見之人皆為之傾倒，包括使君；然而羅敷不為所動，應對之間展露的智慧與堅貞傳頌千古。〈豔歌

19　施懿琳主編：《全臺詩》第 17 冊，頁 10。

羅敷行〉描摹羅敷的美，除了衣著服飾外，大抵是從他人見到羅敷的反
應，來襯托羅敷的絕色。洪棄生模擬〈豔歌羅敷行〉不在字句或結構上
著墨，而是細筆描述美人服飾姿容，詩中的香草，乃至「身居華樓巔，
謦咳不及地」，在在襯顯高潔之姿。而這樣一位美人是「窈窕懷君子，
不願金吾婿」，不慕名利、意志堅定，最後詩人更以比翼鴛鴦、並蒂芙
蓉的比擬，以及含情含睇的等待，將美人懷想君子的無怨無悔烘托到最
高點。此詩表面寫美人，但「香草」的鮮明意象，以及懷想君子的深情
不悔，在在暗示所謂「美人」別有寄託。如進一步對照洪棄生早年事
蹟，儘管幼年早慧，可惜科考路上卻屢屢失利，光緒 15 年（1889）24
歲時受到知府羅穀臣的賞識，方以案首入泮；然而之後的舉人鄉試仍不
順利，直到 1895 年割臺，遂絕意仕進。以此生平背景來看，洪棄生這
首年輕時所作的〈豔歌行〉，既借「美人」曲傳不遇之感，還有以「香
草」傳達潔身自好的好修精神。若再進一步將〈豔歌行〉的寄託深意，
放在洪棄生的詩歌審美觀參看，將能明白為何洪棄生以為香奩體是「出
風入雅，色澤可愛，香豔宜人，無一俚俗淺率之處」。

　　類似的思君作品，還有〈長相思〉：

秋扇望再熱，斷絲望再結。玲瓏水晶環，宛轉珊瑚玦。恩情有
替隆，不願有斷絕。斗帳錦流蘇，殷勤夜補綴。戶外月暉暉，
願圓不願缺。永以同君衷，我心皎如雪。[20]

此詩同樣收於《謔蹻集》，同是洪棄生早年作品。開頭先以「秋扇」起
筆，藉班婕妤〈怨歌行〉暗示「秋扇見捐」的悲哀。《漢書・外戚傳》
記載：「趙氏姊弟驕妒，倢伃恐久見危，求共養太后長信宮，上許焉。
倢伃退處東宮，作賦自傷悼。」[21] 洪棄生先藉美人見棄道出君恩不再，
然而儘管如此，卻仍是「斗帳錦流蘇，殷勤夜補綴」，並不因恩情斷絕

20　施懿琳主編：《全臺詩》第 17 冊，頁 3。

21　〔漢〕班固：《漢書》（臺北：鼎文書局，點校本二十四史，1983），頁 3985。

而心灰意冷，反而愈加殷勤。所謂「戶外月暉暉，願圓不願缺」，明白訴說心中的盼望。最後更以「永以同君衷，我心皎如雪」，表達潔身的堅持與無悔的等待。此詩乍看之下，似乎純寫棄婦思君的心情，然而「秋扇」的離棄意象，與「士不遇」的鬱悶失落有相似之處，[22] 至此，洪棄生這首〈長相思〉的思君之意何在，也就昭然若揭。只是，與〈怨歌行〉：「棄捐篋笥中，恩情中道絕」[23] 不同的是，洪棄生的相思之意不僅未曾斷絕，反而還殷殷期待，而這也反映了詩人心中對理想，也就是仕進的堅持。

　　當然，早年洪棄生所寫的香奩體也未必每首詩皆有寄託，如〈豔詩六首為新婚者乞題帳〉、〈戲調林十花燭〉三首、〈續絃吟十首調友重婚〉、〈房中詠八首再戲友人〉等等，很明顯便是以香奩體作為交際應酬。茲舉〈房中詠八首再戲友人〉八首之二為例：

> 正是霜寒雪冷天，啼鳥聲莫近床前。夜深卻扇定情夕，釵落鈿橫在枕邊。[24]

詩題「房中詠」已直接表明此詩意在書寫豔情，詩中勾勒纏綿繾綣之後的氛圍，「釵落鈿橫在枕邊」一句，更是春色無邊。洪棄生在詩前有序文交代：「昨作〈續絃吟〉諸首，苦切君情事，究於香奩消受之境，毫無道著處，用作此補之，溫柔春意，漏洩無遺，似倩麻姑癢處搔矣，但當以為空中色，勿墮予情障則幸甚！」[25] 可知洪棄生是有意識且主動的添加豔情成分，以便充分發揮香奩體的香豔本色。儘管後來又說「當以為空中色，勿墮予情障」等勸誡語，可是全詩調笑、戲謔的意味濃厚，

22　吳旻旻曾表示〈怨歌行〉與〈離騷〉的離棄情境相似，「因此整首詩雖然是寫『宮怨』，卻跟士大夫的政治處境十分類近。」參閱吳旻旻：《香草美人文學傳統》（臺北：里仁書局，2006），頁 103。

23　逯欽立輯校：《先秦漢魏晉南北朝詩》（臺北：木鐸出版社，1983），頁 117。

24　施懿琳主編：《全臺詩》第 17 冊，頁 131。

25　施懿琳主編：《全臺詩》第 17 冊，頁 131。

充滿遊戲性與社交性，沒有任何寄託。

　　此外，還有部分寫美人姿容、相思別情等充滿綺豔色彩的詩歌，這些作品不如〈豔歌行〉、〈長相思〉具有明顯的香草美人意象，但若要視作如〈房中詠八首再戲友人〉一類純粹描寫豔情的豔詩，卻又不盡如此。這類旨意模糊的香奩體，當以〈無題〉三十首為代表，先看其中第二十首：

> 輾轉心情決絕詞，年年春色負佳期。王孫不遇迷芳草，公子未逢繫縷絲。南浦有人傷意處，東風無力斷腸時。天涯幾度為伊望，容易駒光一隙遲。[26]

洪棄生這組〈無題〉詩多達三十首，收於《謔蹻集》，顯然有意仿效李商隱的〈無題〉詩。前行研究探討這組〈無題〉詩，曾將其列入純寫豔情的香奩體視之，以為洪棄生「感嘆歡情苦短」。[27] 事實上，研究〈無題〉詩的困難處，從李商隱開始至今沒有定論，〈無題〉詩撲朔迷離，究竟是寫戀情沒有結果的憾恨，還是別有寄託，歷來多有不同的詮釋空間。但，李商隱自己曾說：「為芳草以怨王孫，藉美人以喻君子。」[28] 顯見並非所有〈無題〉詩都真的毫無寓意（可也不表示所有詩作都有託意）。至於洪棄生如何看待李商隱的〈無題〉詩？儘管洪棄生沒有明顯提及，然，就洪棄生個人閱讀李商隱的〈無題〉詩，應當是傾向於相信別有寄託，正如洪棄生始終從「出風入雅」、「香草美人」的視角看待香奩體一般。加上洪棄生這首〈無題〉有許多詩句都引人聯想，如「王孫不遇迷芳草」，來自李商隱「為芳草以怨王孫，藉美人以喻君子。」一語；「東風無力斷腸時」，襲用李商隱〈無題〉：「相見時難別亦難，東風

26　施懿琳主編：《全臺詩》第 17 冊，頁 115。

27　陳光瑩：《臺灣古典詩家洪棄生》，頁 75-76。

28　李商隱〈謝河東公和詩啟〉：「某前因假日，出次西溪，既惜斜陽，聊裁短什。蓋以徘徊勝境，故慕佳辰，為芳草以怨王孫，藉美人以喻君子。」劉學鍇、余恕誠編：《李商隱文編年校注》（北京：中華書局，2002），頁 1961-1962。

無力百花殘。」[29] 洪棄生在沿用李商隱詩題與詩句的同時，也延續了李
商隱無題詩別離傷感的情調。綜覽此詩，旨在寫愛情的短暫、離別的悵
恨，看似有自傷身世之意，卻又不能明指，與李商隱的〈無題〉詩同樣
朦朧難解。不過，如果仔細咀嚼李商隱「為芳草以怨王孫，藉美人以喻
君子」之意，以此來理解洪棄生「王孫不遇迷芳草」，以及尾聯「天涯
幾度為伊望，容易駒光一隙遲。」這樣不斷努力卻又無功而返的迷茫悵
惘，則此詩或許也如〈豔歌行〉、〈長相思〉一般，隱藏著「士不遇」的
幽微心理。

　　同樣的情況，在〈無題〉三十首之一也能看到：

一年心事一宵中，歡裡姻緣夢裡空。天到傾時猶缺北，海當盡
處不朝東。小姑山下彭郎水，幼婦碑前少女風。萬里蓬萊千里
路，靈犀半點未曾通。[30]

此詩表面仍是描寫沒有結果的愛情，並藉天地之大仍有缺憾，而萬水
固然東流，但海水深處已無東西之分，抒發世事不得圓滿的慨嘆。全
詩依然有李商隱〈無題〉詩的影子，如「神女生涯原是夢，小姑居處
本無郎。」[31]「身無彩鳳雙飛翼，心有靈犀一點通。」[32]「蓬山此去無多
路，青鳥殷勤為探看。」[33] 等詩句，都被洪棄生拆開化用在詩中，但洪
棄生藉此想表達什麼？實際上也沒有明言。僅能從李商隱對香草美人的
理解，以及洪棄生有意仿效李商隱諸多〈無題〉詩的動機，推測此詩或
許也有藉戀情無果的惆悵，來曲傳己身不遇之感。循此，則洪棄生〈無
題〉詩一寫就是三十首，也許就是別有託意隱藏其中。另一個可以作為

29　劉學鍇、余恕誠編：《李商隱詩歌集解》下冊（臺北：洪業文化，1992），頁
　　1461。
30　施懿琳主編：《全臺詩》第 17 冊，頁 111。
31　劉學鍇、余恕誠編：《李商隱詩歌集解》下冊，頁 1452。
32　劉學鍇、余恕誠編：《李商隱詩歌集解》上冊，頁 389。
33　劉學鍇、余恕誠編：《李商隱詩歌集解》下冊，頁 1461。

支撐這個推測的理由，是洪棄生在1917年（52歲）自費出版《寄鶴齋詩矕》分贈詩友，〈無題〉三十首詩都被選錄其中，而前述遊戲、社交性質濃厚且純粹豔情的香奩體，則不見選錄，顯見〈無題〉詩三十首對洪棄生個人來說有不同的意義。

（二）乙未之後：抵抗意識與遺民精神

乙未割臺讓臺灣翻天覆地，洪棄生自然也感到悲憤。作於1897年的香奩集——《壯悔餘集》，全以豔筆寫景抒情，表面上與時政、民生毫無關係，實則抒發改朝換代的抑鬱憤懣。對照洪棄生在《香籢集自序》所言：「好我者謂之騷，惡我者謂之誕！豈知《香籢》一集，早不諱於冬郎；《玉臺》一編，久爭傳夫孝穆。況中年哀樂，有待竹肉之陶；亙古淪胥，能無苾蘭之慕乎！嗟乎！遇卓女於成都，正相如埋頭之日；顧左君於閭巷，亦孟公憤世之時。此者，可與讀此詩矣。」[34]這段文字與風雅論詩可謂遙相呼應，顯見香奩體是藏志節於豔情中，暗暗傳達抵抗意識與遺民精神。先看第一首〈花影〉（有感和友）：

寂寂芳時閉院門，桃花渡口夕陽昏。六朝金粉無顏色，三月煙光有淚痕。夜靜不堪留倩女，春深未可誤王孫。澧蘭沅芷牢騷意，付與東風寫斷魂。[35]

首聯的寂寞、深閉，與渡口夕陽的意象烘托，暗示所有美好事物再也無可挽回，而「六朝金粉」與「三月煙花」的對比，更道出繁華不再，徒留憾恨。不過，在詩人感嘆春光易逝之餘，「王孫」一語和蘭芷的香草意象，又為此詩染上深意。這首傷春詩應該如何看待呢？若再接著看第二首〈花氣〉，答案就十分明朗：「今日美人藏色相，當時騷客盡風流。

34　洪棄生：《寄鶴齋選集》（臺北：臺灣銀行經濟研究室，1972），頁137-138。
35　施懿琳主編：《全臺詩》第17冊，頁406。

莫將剩粉殘膏恨，併作閒香一例收。」[36] 如是，則洪棄生的豔筆所勾勒出來的綺豔情思、幽微離情，都有比興寄託在其中。由此，再對照當時的時局，可知詩人所傷感的應是易代之悲，正因世易時移，故詩人的抑鬱不平，只能「付與東風寫斷魂」，無可奈何了。補充說明的是，〈花影〉、〈花氣〉是 1897 年 12 月 4 日鹿苑吟社第一期課題題目。[37] 更有意思的是，在剛經歷割臺之痛的 1897 年，鹿苑吟社第一期課題除了〈花氣〉、〈花影〉外，還有〈張麗華髮〉、〈樊素口〉、〈卓文君眉〉、〈小蠻腰〉等，全與女性有關。如果洪棄生的〈花影〉、〈花氣〉是在豔情中別有寄託，那麼也不難想見鹿苑吟社的詩人們吟詩的當下是何種心情。這些與女性相關的課題，恐也不全然是豔情書寫，而是藉表面的豔情，抒發滄桑之感。[38] 一如洪棄生在〈寄情〉十首之五所言：「我亦傷時有淚吞，一腔熱血匪溫存。聊將鐵石心腸事，寫付梅花作斷魂。」[39] 顯見香奩體的綺豔朦朧，正是當時詩人們傳達抵抗精神的最佳方式。

　　洪棄生在 1895 年割臺後的詩集，除了《壯悔餘集》外，其餘親自整理的詩集——《披晞集》（約作於 1895-1905 年）、《枯爛集》（約作於 1905-1917 年），香奩體的數量逐漸減少，但寄託之意卻更為明顯。試看《披晞集》中的〈有所思效玉臺體〉十首之十：

　　我讀玉臺詩，芬芳沁我腸。詩人逸興多，香草託徬徨。芍藥思

36　施懿琳主編：《全臺詩》第 17 冊，頁 407。
37　《臺灣新報》第 371 號，第 4 版，1897 年 12 月 4 日。
38　另一個值得對照觀察的例子，是 1898 年 5 月《臺灣日日新報》刊載的一則消息：「臺北玉山吟社創設以來，踵其後者，則有鹿港苑裡諸詩人創鹿苑吟社，又有塹垣之新竹吟社，類皆拂蕉作書，拈梅寫韻。日前新竹鄭參事如蘭，設宴於北郭園，邀集墨客詞人，踵李青蓮夜宴桃李園故事，以乞花二字命題，在座者咸啞然大哭。遂各騁研抽秘，分韻拈籌，直至鐘鳴十下，始各扶醉而歸。」甫經歷割臺後的臺灣文人們重聚吟詩，心情想必悲喜交加，故有「啞然大哭」和「扶醉而歸」之舉。以此推想籌組鹿苑吟社的詩人們，內心感受應相去不遠。參閱《臺灣日日新報》第 15 號，第 1 版，1898 年 5 月 22 日。
39　收入《壯悔餘集》中。施懿琳主編：《全臺詩》第 17 冊，頁 408。

渺渺，蒹葭水蒼蒼。千古作寓言，美人在西方。西方竟何許，求之見荒唐。昨云暗宓女，旋覺夢王嬙。所居必金室，所倚必雕梁。一鬟千萬值，一身百寶妝。我詩亦此意，意與美人長。[40]

〈有所思〉本為漢樂府詩，女子面對情人的別有二心，堅決分離的態度恰恰反映情感的真摯：「有所思，乃在大海南。……聞君有他心，拉雜摧燒之。摧燒之，當風揚其灰。從今以往，勿復相思！相思與君絕。……」[41]洪棄生的十首〈有所思效玉臺體〉，全寫美人與相思之苦，若非在最後一首詩中表露這組香奩體暗藏香草美人，恐怕讀者一時之間也難以體會。是以這第十首詩，乃這組組詩的關鍵所在。詩歌開頭「我讀玉臺詩，芬芳沁我腸。詩人逸興多，香草託徬徨。」《玉臺新詠》本是南朝豔詩的代表，洪棄生以豔筆寫美人相思，故云「效玉臺體」。然而詩人讀《玉臺新詠》，感受到的卻是芬芳沁人，之所以感到「芬芳」，在於詩人有意藉香草凸顯自己的好修精神。事實上，洪棄生在《寄鶴齋詩話》中曾評《楚辭》的〈湘夫人〉、〈少司命〉，以為「是皆悱惻芬芳，足供後人漱香無盡，熟讀此種，不啻置身蘭芷叢中。」[42]可知詩人是有意用「芬芳」傳達香草意象。之後化用《詩經》中〈溱洧〉、〈蒹葭〉二詩，藉芍藥之贈以結永好，又以蒹葭蒼蒼表明心有所慕，只是，所慕之人何在？「千古作寓言，美人在西方。」迂迴訴說心意。這裡的「西方美人」，表面上是《詩經・邶風・簡兮》：「山有榛，隰有苓。云誰之思？西方美人。彼美人兮，西方之人兮。」[43]但實際也可以是位在西方的「美人」——君王。正因愛慕的美人遠在西方，求之不可得，因此詩人又以洛水女神宓妃和王昭君為喻，烘托美人的高貴與遙不可

40　施懿琳主編：《全臺詩》第 17 冊，頁 167。
41　逯欽立輯校：《先秦漢魏晉南北朝詩》，頁 160。
42　洪棄生：《寄鶴齋詩話》，頁 4-5。
43　屈萬里著：《詩經詮釋》（臺北：聯經出版社，2011），頁 69。

及。詩末：「我詩亦此意，意與美人長。」美人意象已不言可喻，而詩人的失落與不得志也躍然紙上。全詩從《玉臺新詠》勾連到《楚辭》與《詩經》，再度印證洪棄生確實將香奩體與詩騷精神並置同論。至於《枯爛集》中的〈南唐宮詞〉二首之二：「念家山破使人哀，祈得君王冥福來。唐苑翠翹長不舉，蜀宮花蕊並難開。興亡舊恨檀槽訴，詞曲新愁葉子排。枉續霓裳遺譜在，幾時奏近鳳凰臺。」[44] 則遺民語意更鮮明，亡國的恨與痛盡在其中，不能以純粹豔情的「宮詞」視之。

綜言之，在洪棄生書寫香奩體的歷程中，1895 年是一個分水嶺。1895 年以前，年輕時的洪棄生雖藉香奩體抒發懷才不遇之感，但仍心懷盼望，豔筆下所極力描摹的美人風華，往往高潔自持，且願意無怨無悔的等待君子。這樣的美人儼然是詩人自己，足見詩人對理想的堅持，此時期的香奩體豔情、志節兼而有之，抒發「士不遇」的感慨。1895 年之後，割臺已成既定事實，儘管香奩體所傳達的香草意象——潔身好修的精神——沒有改變，但「美人」已在遙不可及的西方，詩人難再以「美人」自喻，也不再苦苦等待，美人怨情的背後只能寄託故國之思與亡國之痛，至此，洪棄生香奩體所展現的已是充滿抵抗意義的遺民精神。

三、豔情與寄託：日治時期的臺灣香奩風潮

洪棄生強調風雅詩教的詩歌觀，與大量創作香奩體抒發內心情志、傳達抵抗意識的文學行為，在當時的臺灣詩壇雖非特例，卻絕對突出，值得藉此管窺 1895 年前後臺灣詩風的轉變。

首先，關於洪棄生的詩歌風雅論。風雅詩教代表的是中國傳統「詩言志」的詩學精神，強調溫柔敦厚的詩歌風格與美刺作用，與政治、

44　施懿琳主編：《全臺詩》第 17 冊，頁 367。

社會、道德息息相關。1895 年乙未割臺之後，臺灣傳統文人屢以「風雅」論詩，自有延續儒家正統與漢文化的用意，洪棄生的風雅論亦不例外，只不過他還更特別重視變風變雅。何謂變風變雅？洪棄生沒有針對變風變雅作直接說明，而是在論詩時多次舉例，如「小雅變雅，亦多為杜公北征、出塞諸詩所祖。」[45]「杜公詩，多得變風遺音，此外惟陸公詩亦然，杜陸二公所遭略同，不獨詩近古作者，即性情亦近古作者。」[46]「杜公之北征、出塞等詩，其情較近於變雅，若謫仙之古風六十首，其情多近國風。」[47]「孔北海雜詩一首，亦得變雅遺音……寫當時亂離景況，真覺沈痛。」[48] 可見反映社會現實的寫實詩幾乎就是變風變雅，而洪棄生個人所作寫實詩被譽為「詩史」，其創作精神正是風雅詩教的具體實踐。因此，當洪棄生從「風雅」出發看待香奩體時，臺灣香奩體的認識論也就與風雅論密切關連了。

　　其次，臺灣香奩體在 1895 年以前已經盛行，隨著清代臺灣同光時期詩鐘、擊缽吟興起，書寫香奩體的熱潮逐漸開始，連帶形成一股對華美詩風的追求。當時諸多臺灣詩人，包含巡撫唐景崧，都不認為在詩鐘或擊缽吟等競賽遊戲中寫香奩體有何不妥，顯然香奩體與綺豔詩風早已吹入臺灣詩壇，且隨著詩鐘與擊缽吟的盛行，繼續流行於臺灣詩壇（詳見第二章）。洪棄生在這樣的時代風氣下，早年自然而然喜好香奩體並開始創作，除了以之調笑戲謔，也抒發落第的不遇之感。直至乙未割臺催化了香奩體的香草美人之思，洪棄生大量書寫香奩體寄託抵抗意識與遺民精神，此時香奩體幾乎成為另一種變風變雅的存在。洪棄生以寫實詩反映當時的社會情形；香奩體則用以抒發內心的真實情感，兩者看似南轅北轍，但在詩人以「風雅」為主的基準下，似乎又殊途同歸。不

45　洪棄生：《寄鶴齋詩話》，頁 2。
46　洪棄生：《寄鶴齋詩話》，頁 3。
47　洪棄生：《寄鶴齋詩話》，頁 3。
48　洪棄生：《寄鶴齋詩話》，頁 3。

過，矛盾的是，洪棄生以這樣高標準的角度看待香奩體，但其個人創作
並沒有全具香草美人之思，調笑戲謔的香奩體始終存在。這樣帶有娛
樂、豔情、應酬性質的香奩體不在少數，且 1895 年之後依然可見，可
知洪棄生並未因經歷世變，就以香草美人的寄託方式創作所有香奩體。
換言之，割臺後的香奩體依然是存有娛樂、遊戲、豔情性質的作品，暗
藏志節的香奩體只是其中的一部分。

　　上述情形，不單只見於洪棄生的香奩體，臺灣詩壇也存在同樣現
象。在此，藉魏清德的〈金川詩草序〉作為印證：

> 滄桑以還，我臺灣詩學初興，然率多繾綣惻怛，祖述〈離
> 騷〉，或酒酣耳熱，長歌當哭，玩其淒涼感喟，殆有感發於
> 中，不自知所以鳴而鳴之者矣。又或棲遲岩壑，擺落埃塵，
> 藉諷詠以陶淑情性，籠蓋物態，詮次自然，筆墨間之美化，無
> 窮出清新者，亦斯道之至足尚焉。詩社之設，相與抱殘守缺，
> 以文會友，挽救漢學將墜，俾不至數典忘祖，不勝於博奕猶賢
> 歟？……49

魏清德這篇寫於 1929 年的序文固然是為黃金川女士而作，但在「略述
輓近臺灣詩學勃興，源分派別，以序為詩」，50 使讀者瞭解當時的臺灣詩
壇以豁顯《金川詩草》的同時，正好指出 1895 年之後的臺灣詩壇，流
行的是「繾綣惻怛，祖述〈離騷〉」的詩作。這樣的詩作，其實就是有
著香草美人之思的香奩體。那麼香奩體從何而來？

　　其一，是「酒酣耳熱，長歌當哭，玩其淒涼感喟，殆有感發於
中」。此類詩人感於世變，故作詩抒發，屬於香草美人文學傳統。在此
文學傳統下，香奩體的價值大大提升，不再只是書寫豔情的詩作。前述
洪棄生之所以肯定香奩體，亦是如此。

49　黃美娥編：《魏清德全集》第 4 卷（臺南：臺灣文學館，2013），頁 152。
50　黃美娥編：《魏清德全集》第 4 卷，頁 153。

　　其二，是「棲遲岩壑，擺落埃塵，藉諷詠以陶淑情性」。此類詩人擺脫紅塵俗世，發而為詩，自然美化文字，為清新之作。這樣從「陶淑情性」、「筆墨間之美化」的角度視之，其實與洪棄生評黃任香奩體「色澤可愛，香豔宜人，無一俚俗淺率之處。」相去不遠。這類作品或許沒有香草美人之思，但在「筆墨間之美化」的理由下，掩飾了香奩體的遊戲、社交性質，為香奩體在臺灣詩壇流行的事實，找到一個較為合理的說明。

　　大抵來說，1895 年乙未割臺對臺灣的香奩體有一重要意義：割臺前的香奩體遊戲、社交意味較重；割臺後感於世變創痛，香草美人的論述驟然增加，使得過去被視為豔詩的香奩體，有了楚騷精神做為支柱，深化了香奩體的價值。可是儘管深化了香奩體的價值，香奩體原來的遊戲、社交作用並未就此消退，依然並存在日治初期的臺灣詩壇，洪棄生的香奩體創作歷程與論詩傾向便是最好的例證。而除了洪棄生之外，早先的施士洁，以及後來的吳德功（1850-1924）等人也是如此。尤其是施士洁看待香奩體的態度，與洪棄生幾乎如出一轍，可說是最早賦予臺灣香奩體深義的詩人：

> 美人在何許，癡想古夷光。試誦莘田句，吟箋草自香。好色本
> 國風，騷人性不減。所以屈靈均，字字芷蘭擷。草幽香可憐，
> 香幽不可掇。安得素心人，緘香寄寥闊。鬢絲禪榻間，六根此
> 參透。彼哉物之尤，南威而鄭袖。[51]

此詩一開頭先問美人何在，遙想西施，隨即讚揚黃任的《香草箋》，從字面看，「香草美人」四字已躍然紙上。而「好色本國風，騷人性不減。所以屈靈均，字字芷蘭擷。」明白道出香草美人的意涵，就在於風騷精神。詩人以香草幽芳不可掇，還有南威、鄭袖等古代美人，扣緊香

51　施士洁〈疊次韻答雁再答〉，施懿琳主編：《全臺詩》第 12 冊，頁 359。

奩體與香草美人的抒情傳統，以為香奩體不能以豔情詩等閒視之。施士
洁從年輕時便喜歡作香奩體，或許他一直都是從「香草美人」的角度來
看待香奩體，不過 1895 年以前的施士洁少年得志，香奩體的實際創作
多數用來自述風流、酬酢社交、擊缽競賽，是 1895 年的割臺之痛，使
施士洁更加強調「香草美人」的文學傳統。然而，這並不表示他不再以
香奩體進行遊戲、社交等文學活動。割臺後的施士洁儘管抑鬱痛苦，卻
也沒有放棄帶有娛樂性質的香奩體，完全投入香草美人的香奩體創作。
顯然在香草美人的召喚下，香奩體的風騷精神固然受到肯定，但以豔情
作為調笑戲謔的作品依舊存在，風騷與豔情看似相悖，卻又並存的十分
自然，施士洁如此，洪棄生也是如此。

　　整個日治時期的臺灣詩壇，不論是臺灣文人或日本來臺漢文人，都
喜歡談「風雅」二字。然而，在不同的時間、不同的身分立場，「風雅
意涵」實有不同的變化，[52] 而洪棄生所持的風雅論，無疑是日治初期堅
持風雅詩教、強調變風變雅價值的最佳代表。正因洪棄生是從風騷精神
來看香奩體，自然對香奩體評價甚高，且這樣視香奩體為別有寄託的詩
歌觀，應是日治初期臺灣詩壇的普遍共識。試看吳德功這則詩話：

> 無題詩與香奩異。李義山之詩，無題詩也；韓冬郎（偓）之
> 詩，香奩詩也。蓋無題之什，不必盡寫情懷；而香奩之篇，則
> 竟作膩語，至閒情風懷，則指實事矣。[53]

吳德功特別撰文分析無題詩與香奩體的差別，反映當時臺灣詩人對這
個問題應該很有興趣。吳德功認為無題詩「不必盡寫情懷」，但香奩體

52　日治時期臺灣文人的風雅觀，最初因經歷割臺之痛，故強調回歸風雅詩教，強調
　　變風變雅。不過，之後受到社交酬酢與日人風雅論述的影響，流於「風流社交」。
　　緊接著，又因進入戰爭期，風雅意涵從「風流社交」轉而傾向「吟詩報國」、「發
　　揚日本忠孝精神」。參閱余育婷：〈風雅與風流：日治時期臺灣傳統文人的風雅
　　觀〉，《成大中文學報》第 37 期（2012 年 6 月），頁 133-158。
53　吳德功著，江寶釵校註：《瑞桃齋詩話》（臺北：麗文文化，2009），頁 119-120。

在「竟作膩語」之餘，其「閒情風懷」還有「指實事」之用。此別有寄託的功用，正是香奩體的價值所在，也是有別於無題詩之處。由此，能見到香奩體隱藏寄託，非徒有豔情的看法，確實存在於日治初期的臺灣詩壇。只不過，隨著日本殖民統治日久，香奩體的香草美人之思逐漸淡薄，反而是遊戲、社交的性質益發凸顯。箇中原因甚多，既涉及到詩社林立、詩鐘／擊缽吟盛行，還有日人扢雅揚風拉攏臺灣文人等等，[54]種種因素環環相扣，促使香奩體愈加傾向遊戲化、社交化，甚至引發新文學家的批評。[55] 如 1920 年代，楊雲萍批評舊詩人好作無意義的擊缽吟，「是《香草箋》的偷兒」；[56] 陳虛谷也說：「詩人不是像那遊蕩兒，只在歌臺舞榭、品柳評花，就算能事已足。」[57] 這些批評的背後，正好反映出當時臺灣詩壇盛行香奩體，以及香奩體的遊戲性與社交性明顯突出的事實，而這樣的文學現象，實則又是 1920 年代以後臺灣詩壇的另一個面貌了。

四、小結：「香草美人」作為一種思維模式

過去提及洪棄生，第一個浮出的印象必是抗日詩人、臺灣詩史，身為遺民的洪棄生，畢生展現的志節與傲骨，贏得所有臺灣人的尊敬。本

54　關於臺日漢詩交流過程中，日人的風雅話語如何挪用中國的風雅傳統，使之成為日本統治者意識型態工具，參閱黃美娥：〈日、臺間的漢文關係：殖民地時期臺灣古典詩歌知識論的重構與衍異〉，《臺灣文學研究集刊》第 2 期（2006 年 11 月），頁 1-32。

55　日治時期臺灣新舊文學論戰中，其中新文學家曾攻擊傳統文人藉擊缽吟巴結權貴、妓女，此類言論便是批評當時臺灣詩壇盛行的香奩體。詳細新舊文學論戰的攻防觀點，參閱翁聖峯：《日據時期臺灣新舊文學論戰新探》（臺北：五南出版社，2007），頁 302-333。

56　楊雲萍：〈編後雜記〉，《人人》第 1 號，1925 年 3 月 11 日，頁 9。

57　陳虛谷：〈駁北報的無腔笛〉，《臺灣民報》第 132 號，第 12 版，1926 年 11 月 21 日。

章從「香奩體」的視角重新觀看這樣一位充滿鐵血形象的詩人，發現豔筆背後的詩人依舊是藉「香草美人」傳達抵抗意識與遺民精神。

洪棄生以「香草美人」、「出風入雅」看待香奩體，而其個人的實際創作也依舊立基在「香草美人」上。乙未之前的香奩體，「香草美人」的寄託多落在屢試不第的抑鬱失落上，「香草」意象除表明自我的高潔外，「美人」意象同樣落在懷想君子的無怨無悔，曲傳不遇之感。乙未之後，割臺之痛使得洪棄生大量創作香奩體，作於 1897 年的《壯悔餘集》，可謂代表。此時求之不可得的「美人」，就如遠在天邊的中國，可望而不可及；而相思離情似乎都言外有意，朦朧中藏著曲折心事。正如〈寄情〉十首之二：「憑將尺素寫相思，我亦矜持畏薄詞。惟有多情寄明月，照人開鏡夜深時。」[58] 故國之思無處可寄，只能寄予明月。可以說，1895 年的乙未世變，催化了香奩體背後的香草美人文學傳統，使之不再是純粹的豔情之作，而這樣看待香奩體的態度，幾乎普遍存在於當時的臺灣詩壇。

只是，「香草美人」雖然提升了香奩體的價值與功用，但香奩體原本的遊戲、社交、娛樂性質並未因經歷世變就此斷絕。以洪棄生香奩體來看，詩人在 1895 年割臺後固然大談風雅詩教，強調變風變雅，推崇香奩體為暗藏志節之作，可是個人所作香奩體卻也不是每一首都帶有寄託，香奩體的遊戲、社交、娛樂性質依然存在。由此，實能看到「香草美人」與「豔色趣味」同時並存在香奩體上，並持續影響著臺灣香奩體的發展。如果連具有堅定抵抗精神的詩人洪棄生都不能完全擺脫香奩體的遊戲與豔情，更何況是受時代風氣影響而嘗試創作香奩體的眾多臺灣詩人？而這其實正是臺灣香奩體的模糊曖昧與不確定性所在。究竟是「風騷精神」意在抵抗，還是「風流豔情」趨於遊戲，在日治時期的臺灣詩壇仍繼續辯證下去。

58　收錄在《壯悔餘集》中。施懿琳主編：《全臺詩》第 17 冊，頁 407。

Chapter 4

第四章
殖民與遺民的焦慮：連橫香奩體與風雅論

　　日治時期的臺灣詩壇在香奩風潮下，創作香奩體的臺灣詩人甚多，但真正如洪棄生一樣能評論也能創作香奩體的傑出詩人，則推連橫（1878-1936）莫屬。連橫非常喜愛香奩體，也大量創作香奩體，其在《詩薈餘墨》曾自述：「少年作詩，多好香奩，稍長便即舍去。」[1] 儘管連橫說已舍去許多，但翻閱詩集，不論是 1921 年連橫生平出版的第一部詩集《大陸詩草》，還是後來的《寧南詩草》、《劍花室外集》（之一、之二），[2] 都能看到許多香奩體，綺麗風格躍然紙上。由此對照連橫自述

1　連橫：《雅堂文集》，收入《連雅堂先生全集・雅堂文集》（南投：臺灣省文獻委員會，1992），頁 266。

2　連橫詩歌可分為四部分：一、《大陸詩草》收錄 1912-1914 年旅遊中國的詩作；二、《寧南詩草》（又名《龍耕詩草》），根據連橫〈寧南詩草自序〉：「客中無事，爰取篋中詩稿編之，起甲寅（1914）冬、迄丙寅（1926）夏，凡二百數十首，名曰《寧南詩草》。」再據連震東〈弁言〉：「《寧南詩草》，又名《龍耕詩草》：先生於甲寅（1914）冬歸自大陸，仍居寧南，嗣遷淡北；丙寅（1926）夏移家杭州。自〈寧南春望〉至〈別臺北〉，凡二百五十四首，為此十三年之作。丁卯（1927）自杭州又回臺南，至癸酉（1933）離臺赴滬，所作凡二十一首，先生亦親自編入此集中。」可知收錄 1914-1926、1927-1933 年的詩作；三、《劍花室外集之一》為年輕時候詩作，約 1895-1911 年；四、《劍花室外集之二》為老年詩作，1933-1935年。上述《大陸詩草》、《寧南詩草》、《劍花室外集之一》、《劍花室外集之二》後來合併為《劍花室詩集》，最早在 1954 年由林熊徵出版（臺北：財團法人林公熊徵學田印行，1954）。本文所引連橫的詩歌，以施懿琳主編《全臺詩》第 30 冊為主，因《全臺詩》的版本有參校、增補《劍花室詩集稿本》、《臺灣詩薈》、《櫟社第一集・劍花室詩草》、《臺灣日日新報》、《漢文臺灣日日新報》、《臺南新報》、《東寧擊缽吟前後集》、《南瀛詩選》等，收錄詩作更為完備，惜排版有極少部分的錯誤，因此再對照《連雅堂先生全集》的《劍花室詩集》修改之。參閱施懿琳主

「稍長便即舍去」一語，恰恰印證其寫過的香奩體數量十分龐大。[3]

　　連橫同樣是以「風雅詩教」、「香草美人」的視角看待香奩體，然而，因日治時期太多人創作香奩體，擊缽吟中更充斥大量香奩體，以致香奩體招來許多批評。尤其在新舊文學論戰中，新文學家對舊體詩的諸多攻擊，其中之一就是緊抓著香奩體不放。這些批評言論，都是對臺灣舊詩壇流行香奩體的不滿，但不滿的背後，正好反映香奩體盛行於詩壇的事實。日治時期臺灣詩歌數量明顯大增，儼然一個風雅的年代，可謂文風大盛，可與此同時，詩歌品質下降，詩歌成為交際應酬的最佳文字。[4] 連橫看到香奩體受到歡迎，憂心詩歌成為社交工具，曾公開表達反省之意。可是他自己同樣喜以香奩體社交應酬，個人的詩歌創作也沒有完全擺脫綺豔詩風，甚至，他還常常寫詩送給欣賞的藝旦，用詩歌提升她們的身價。足見時代風潮所致，無形中影響了連橫的創作與審美──儘管他已有所省覺。

編：《全臺詩》第 30 冊（臺南：臺灣文學館，2013）；連震東〈弁言〉、連橫〈寧南詩草自序〉二文俱見連橫：《劍花室詩集》，收入《連雅堂先生全集·劍花室詩集》（南投：臺灣省文獻委員會，1992），頁 1、11。

3　連橫詩歌約 1150 餘首，香奩體至少超過 150 首，若再加上「帶有愛情和脂粉味的寫景、詠物」，則香奩體數量將更多。另，連橫固然在詩話中評論香奩體，個人也創作許多香奩體，但在詩集中直接提到「香奩」者僅 1 首，其以「香奩」一詞指涉女性，如〈婦病〉：「憔憔瘦卻幾分餘，半榻棲遲倦起居。柳葉眉痕愁銷後，桃花顏色熱生初。香奩寶匣絲成繭，玉杵玄霜藥搗蜍。秋雨茂陵消受慣，而今病到女相如。」描寫女子病中愁容。這樣以「香奩」指涉女性的概念，與中國傳統「香奩體」概念是相同的。

4　日治時期臺灣詩社林立，儼然一文雅風流的時代，人人都有吟詩的興味，但古典詩歌的「量」雖增加，「質」卻下降，這也是不爭的事實。對此現象，前行研究探討甚多，如黃美娥便曾從「文學社群」的視角切入觀察此現象。參閱黃美娥〈日治時代臺灣詩社林立的社會考察〉，收入黃美娥：《古典臺灣：文學史·詩社·作家論》（臺北：國立編譯館，2007），頁 183-227。至於日治時期臺灣古典詩歌品質下降，詩歌日趨通俗化又反映何種文化意義，黃美娥亦有專文分析。參閱黃美娥：〈實踐與轉化──日治時代臺灣傳統詩社的現代性體驗〉，《重層現代性鏡像──日治時代臺灣傳統文人的文化視域與文學想像》（臺北：麥田出版社，2004），頁 143-181。

不過，連橫身為當代傑出詩人，其香奩體確實有別於一般低俗的豔詩。最大的特色，便是連橫在香奩體中有意識地運用香草美人的意象，呼應了回歸風雅的論詩主張。然而，連橫大量使用香草美人的創作手法，讓豔情書寫似有比興寄託，但其香草美人的運用卻是突顯在自我表述上，且「美人」開始指向藝旦歌妓，而非理想的象徵，如此一來，連橫的香奩體便顯得矛盾起來。究竟是風騷精神還是風流豔情？難免模糊不清。如果將連橫的香奩體放在臺灣的香奩系譜中，這份矛盾實則代表了臺灣香奩體發展的一個轉折，反映風雅話語（discourse）的衍異重構。

一、回歸風雅：連橫對香奩體的認識與批評

連橫喜愛香奩體，且大量創作香奩體，因其交遊廣泛，並時常留意全臺各處大小詩社活動，對於臺灣詩界的弊端往往敢於發聲，當時流行的香奩體自然也在他的批評中：

> 今之作詩者多矣，然多不求其本。《香草箋》能誦矣，《疑雨集》能讀矣，而四始六義不識，是猶南行而北轍、渡江而舍檝也。難矣哉。[5]

> 詩有別才，不必讀書；此欺人語爾。少陵為詩中宗匠，猶曰：「讀書破萬卷，下筆如有神」。今人讀過一本《香草箋》，便欲作詩，出而應酬，何其容易。……[6]

上述兩則詩話的寫作時間是在 1924 年的 2 月與 3 月，此時新舊文學論

5　連橫：《臺灣詩薈》第 1 號，1924 年 2 月，收入《連雅堂先生全集・臺灣詩薈》上冊（南投：臺灣省文獻委員會，1992），頁 28。
6　連橫：《臺灣詩薈》第 2 號，1924 年 3 月，頁 264。

戰尚未開始，連橫已經意識到香奩體對臺灣詩壇造成的不良影響。第一則詩話提到的《香草箋》、《疑雨集》，前者是清初福建詩人黃任（1683-1768）的詩集，後者是明人王彥泓（1593-1642）之作，二集同屬香奩體，是助長臺灣香奩詩風的重要作品，尤其黃任的《香草箋》甚至成為書房教授詩歌的教材，影響臺灣詩壇更是深遠。[7] 連橫批評很多人僅讀過《香草箋》、《疑雨集》便開始作詩，導致作詩者很多，但卻不懂四始六義──《詩經》。《詩經》是詩歌的本源，不讀《詩經》而從香奩體入手，自是不求其本。第二則詩話以杜甫為例，說明作詩需先讀書，批評時人僅讀一本《香草箋》便開始作詩應酬，把作詩看得太容易，而這也反映《香草箋》的流行盛況。

　　事實上，當時不僅男性文人讀過《香草箋》後便出門以之社交應酬，就連許多被文人讚為「詩妓」的藝旦，也以喜讀《香草箋》、《疑雨集》受到稱美。[8] 此外，張純甫〈黃莘田〉一詩中，曾以註腳介紹黃任的《香草箋》、《秋江集》膾炙人口，最後說：「吾臺女士尤愛誦之。自書詩稿，絕俗可珍。」[9] 顯見香奩體廣受時人接受，且不分男女與階級。當《香草箋》成為入門學詩的教材，讀香奩體受到讚美，用香奩體來應酬也是一常見的文學現象時，那臺灣詩壇的流行與審美傾向實不難想見。

　　然而，連橫果真反對香奩體嗎？從連橫的詩話可以看到他並非完全否定香奩體的價值，只是認為香奩體的盛行，導致臺灣人讀詩、作詩只

7　參閱林文龍：〈黃任《香草箋》對臺灣詩壇的影響〉，《臺灣文獻》第 47 卷第 1 期（1996 年 3 月），頁 207-223。

8　例如 1931 年 5 月 9 日《三六九小報》記述藝旦彼美曾向花花世界生學詩，故《香草箋》、《疑雨集》琅琅上口；1934 年 9 月 9 日《三六九小報》也提到周招治每遇墨客，能誦《香草箋》句。參閱石如（寄）：〈花叢小記〉，《三六九小報》第 72 號，1931 年 5 月 9 日，第 4 版；軟紅塵客：〈花叢小記〉，《三六九小報》第 375 號，1934 年 9 月 9 日，第 4 版。

9　張純甫〈黃莘田〉：「一編香草別秋江，上口琅琅遍綠窗。誰識小箋更超絕，燈前展玩俗能降。」施懿琳主編：《全臺詩》第 53 冊，頁 174。

走捷徑，本末倒置，不能真正瞭解詩的本質，使詩歌淪為應酬工具。那麼，連橫究竟如何看待香奩體？以下這則詩話或能一窺端倪：

> 稻江王香禪女士曾學詩於趙一山。一山，老儒也，教以《香草箋》，朝夕吟詠，刻意模倣。及後遇余滬上，袖詩請益。余謂欲學香奩，當自《玉臺》入手，然運典搆思、敷章定律，又不如先學玉溪，遂以義山集授之。香禪讀之大悟，繼又課以《範經》，申以《楚辭》，而詩一變。今則斐然成章，不減謝庭詠絮矣。[10]

連橫認為要學香奩體，當從《玉臺新詠》入手，只不過談到詩歌用典、篇章構思，又不如先學李商隱詩，因此教王香禪（1886- ？）先讀李商隱詩，從中能看到連橫其實不反對香奩體。這則詩話有兩大重點：其一，趙一山（1856-1927），名元安，字文徽，號一山，割臺後設劍樓書塾，設帳授徒，是當時著名塾師。趙一山既以《香草箋》教王香禪作詩，可知《香草箋》為當時塾師教人作詩的基本教材。如再參看前文引述的兩則詩話，則能瞭解為何當時臺灣人喜讀《香草箋》而不求其本。換言之，《香草箋》在日治時期臺灣詩壇的流行，與它本身是塾師教詩的教材有關。其二，連橫並未否定趙一山教王香禪《香草箋》一事，反而明白指出學習香奩體的途徑——讀李商隱詩。循著連橫的學習順序，可以看到連橫的香奩系譜是「《詩經》、《楚辭》→《玉臺新詠》→李商隱詩→《香草箋》」，顯然在連橫眼裡，香奩體可上溯《詩經》、《楚辭》，非單純豔詩。

連橫在年輕時便明白宣示：「余懷信美誰知識，獨向秋風弔屈原。」[11]表達追比屈原之心，足見胸懷壯志。對照其生平經歷，1899年，22歲的連橫便擔任《臺澎日報》主筆，此後主持《臺南新報》漢

---

10 連橫：《雅堂文集》，頁 266-267。
11 施懿琳主編：《全臺詩》第 30 冊，頁 84。

文部，也曾入《臺灣新聞》漢文部擔任記者。1908年，31歲的連橫開始撰寫《臺灣通史》，直至1918年《臺灣通史》完稿，成就史家的理想。正因連橫年輕時便深自期許，故其筆下的香奩體常常看得到《楚辭》的身影，也屢見詩人有化身屈原之意，如〈綺懷〉四首之一：「一掬流離香草淚，者番清夢落瀟湘。」[12]〈水仙詞〉六首之一：「沅蘭澧芷看相偶，合付靈均譜楚詞。」[13]之六：「金釵十二幻情因，香草多愁屬美人。」[14]〈得香禪書卻寄〉：「九歌公子思南國，一笑佳人在北方。」[15]正因連橫喜歡在香奩體中運用香草美人的文學傳統，如此一來，最直接的影響，便是使其香奩體讀起來充滿香草美人之思，讓豔情書寫表面看起來不再是純然的豔色趣味。

　　嚴格說來，連橫論詩一向強調風雅詩教的重要，因此在其個人創作的香奩體中看見香草美人的意象，甚至自比屈原並不足為奇。《臺灣詩薈餘墨》：「帝舜曰：『詩言志，歌詠言，聲依永，律和聲』。古今之論詩者不出此語，而卿雲復旦之歌亦卓越千古，有虞氏誠中國之詩聖矣！」[16]這番言論屬於傳統「詩言志」的論詩觀點，結合政教與抒情，與〈詩大序〉：「詩者，志之所之也，在心為志，發言為詩。」[17]立場一致，同為風雅詩教的根本論述，也是許多傳統文人根深柢固的詩歌觀。連橫的論詩態度明顯傾向風雅詩教，一如在《臺灣詩薈》所說：「臺灣文化今消沈矣，振興之策雖有各種，而發皇詩教、鼓吹詩風，以造成完全之人格，則詩薈之責任，而不佞所欲就教於邦人諸友也。」[18]又如〈臺灣詩薈發行賦示騷壇諸君子〉：「大雅今雖息，斯文尚未穨。淒涼懷

12　施懿琳主編：《全臺詩》第30冊，頁94。
13　施懿琳主編：《全臺詩》第30冊，頁95。
14　施懿琳主編：《全臺詩》第30冊，頁96。
15　施懿琳主編：《全臺詩》第30冊，頁185。此詩收於《寧南詩草》。
16　連橫：《臺灣詩薈餘墨》，收入《連雅堂先生全集》，頁261。
17　孔穎達疏：《毛詩注疏》，《十三經注疏》第1卷（臺北：藝文印書館，1997），頁13-15。
18　連橫：《臺灣詩薈》第12號，1924年12月31日，頁794。

故國，寥落感奇才。」[19] 所謂「大雅」，正是《詩經》的風雅正聲，且此句與李白〈古風〉其一：「大雅久不作，吾衰竟誰陳？」[20] 相似，用意也相同，表明自己要振興詩教。如再進一步看其個人作為，連橫撰《臺灣通史》強調變風變雅，如同連橫自述：「春秋據亂吾修史」。[21] 這些強調風雅的言論，對照其香奩體中明顯的香草美人意象，正好是一致的。這樣看似暗藏志節的香奩體，不單單只是連橫個人的審美品味。如果放置在臺灣詩壇中，正好反映出日治時期臺灣香奩體流行的背後，常常被臺灣文人們標舉的風騷精神，以為香奩體是豔情中藏有志節，非單純豔情。而追根究柢，實則又與日治初期臺灣詩壇喜談風雅詩教以展現抵抗精神有關（詳見第三章第三節）。

　　不過，耐人尋味的是，連橫雖認同風騷精神是香奩體的重要支撐，回歸風雅也有抵抗意義，但其香奩體卻屢在風雅詩教與風流豔情之間游移，難免造成詩歌理論與實際創作的落差。特別是他喜歡運用香草美人的意象，但表達的意涵卻又與香草美人文學傳統略有不同，其中的差異為何，以下續論之。

二、風雅還是風流：連橫香奩體的香草美人與自我觀看

　　臺灣香奩體自清末同光時期興起以後，即使經歷乙未世變，依舊盛行不衰。許多臺灣文人都寫過香奩體，也欣賞香奩體的清麗可愛，一如日治初期最具代表性的詩人洪棄生。更重要的是，當香奩體有「香草美人」作為精神支撐時，它就不只是單純的豔詩。「香草美人」文學傳統源於屈原，《楚辭》中的「香草美人」意象，是後世無數作者表述心志的手法，而讀者在此文學傳統的審美經驗下，也能心領神會沒有明說的

19　施懿琳主編：《全臺詩》第 30 冊，頁 221。
20　李白著，瞿蛻園等校注：《李白集校注》（臺北：里仁書局，1981），頁 91。
21　連橫：〈出都別耐儂〉，施懿琳主編：《全臺詩》第 30 冊，頁 173。

言外之意。

　　大抵來說，臺灣香奩體的香草美人手法，往往是用麗筆寫一首詠讚佳人的詩。這位佳人多半是一位象徵性的美人，而非現實世界中的人物，從中寄寓詩人的理想與志向，突顯「士不遇」或君子好修的精神，日治時期臺灣文人常常模擬的〈無題〉詩便是如此（當然也不乏純粹流於豔情之作）。總之，臺灣文人借用香草美人的文學傳統來書寫香奩體時，大部分是將「香草美人」作為一種特定的符號，藉以傳達高潔的文人情志與乙未割臺的遺民精神。

　　而連橫香奩體的特別之處，在於他固然也寫象徵性的美人，如〈遣興〉：「美人而老死，何如邯鄲倡。」[22] 抒發「士不遇」的無可奈何。但更多的時候，他直寫很多自己與藝旦的風流韻事，只不過因化用《楚辭》詞句，或香草美人的比擬手法，營造出一種意在言外之感，彷彿別有寄託，從中突顯自己高潔的形象。然，仔細閱讀其內容，它偏偏是一首自述風流戀情之作，因而形成特殊性甚至是矛盾所在。以下，先看連橫早期的香奩體〈水仙詞〉六首選四：[23]

> 湘江洛浦路非遙，喜有名花慰寂寥。我亦陳思時贈枕，感甄何處不魂消。（其一）
> 絕代丰神絕世姿，可憐端的是嬌癡。沅蘭澧芷看相偶，合付靈均譜楚詞。（其二）
> 綺懷脈脈感湘靈，清瑟泠泠掩淚聽。每到酒闌歌歇後，隔江搖指數峰青。（其五）
> 金釵十二幻情因，香草多愁屬美人。姹紫嫣紅都看盡，二分明月淡江春。（其六）

連橫從年輕便常上青樓，根據詩歌內容再對照生平經歷來看，這是連

22　施懿琳主編：《全臺詩》第30冊，頁86。
23　施懿琳主編：《全臺詩》第30冊，頁95-96。

橫早年的贈妓之作。第一首直接破題，藉「宓妃留枕」暗示自己與名花的歡好。然而曹植（陳思王）懷才不遇，〈洛神賦〉其實意在言外，連橫用此典，似乎別有寄託，彷彿詩人自己就是才高八斗又懷才不遇的曹植，並以此作為組詩的開頭，下啟「香草美人」的書寫。第二首先以「絕代丰神絕世姿」烘托美人絕色，又以「沅蘭澧芷」等香草比喻自己，美人與香草的遇合，應該作詩以抒情懷，如同「靈均（屈原）譜楚詞」一般。連橫將〈水仙詞〉與《楚辭》相提並論，立刻提升〈水仙詞〉的價值，而詩人本身也隱然成為屈原那樣有志節的君子。第五首用「綺懷脈脈感湘靈」美化這段男女戀情。「湘靈」是湘水女神，傳說娥皇、女英至湘江尋夫，鼓瑟時流露的清音苦調彷彿是她們的哀怨。連橫以「湘靈清瑟」的如怨如慕、如泣如訴，形容美人的含情脈脈。在此，必須補述的是連橫喜歡化用前人詩句，第五首便是明顯例子，此與唐代詩人錢起的〈省試湘靈鼓瑟〉：「善鼓雲和瑟，常聞帝子靈。馮夷空自舞，楚客不堪聽。……曲終人不見，江上數峯青。」[24] 在詩意與收尾處十分雷同，有明顯的轉化痕跡。第六首化用梁武帝：「頭上金釵十二行」，[25] 形容美人珠翠滿頭，但連橫以「金釵十二幻情因」開頭，說明美人雖有富貴生活，卻難得真愛，難免內心多愁緒。「香草多愁屬美人」一句，明白帶出「香草」、「美人」，與前面的屈原、《楚辭》相呼應，因此使〈水仙詞〉整組詩充滿寄託的痕跡。只是寄託什麼呢？同樣沒有明說，僅以淡江春月之美，烘托美人的美麗與哀愁。〈水仙詞〉六首文字綺麗，特別是「姹紫嫣紅都看盡，二分明月淡江春」作為整組詩的收尾，在感傷之餘，又呈現一片旖旎風情，極富美感。

　　〈水仙詞〉雖是詩人的風流戀情，但特殊之處在於全詩化用香草

---

24 〔唐〕錢起著，阮廷瑜校注：《錢起詩集校注》（臺北：新文豐出版社，1996），頁467。

25 〔梁〕梁武帝〈河中之水歌〉，〔宋〕郭茂倩編：《樂府詩集》，收入張元濟等編，《四部叢刊初編》集部第1967冊，第85卷（上海：上海商務印書館，1929，景上海涵芬樓藏汲古閣刊本），頁156。

美人意象，突顯追比屈原之志。這樣的書寫手法，使連橫的香奩體相較於尋常描述男女豔情的香奩體要高明許多，強調自己雖流連花叢，卻沒有玩物喪志，他依舊是高潔君子。嚴格說來，連橫的香奩體，多屬〈水仙詞〉一類自述風流韻事之作，內容不脫個人戀情，卻因化用前人詞句或運用香草美人意象而顯得略有深意。然而，當詩中的「美人」意象不再是一種文化符碼象徵理想政治，而是實指名妓藝旦時，其「香草」與「美人」便成為連橫美化韻事與提升自我形象的手法，缺乏真正香草美人文學傳統的不遇感慨與抵抗意義，也少了乙未割臺以來的遺民精神。這樣的情況，在另一首浪漫長詩〈天上〉也能看見。〈天上〉的「美人」十分清楚，就是知名藝旦王香禪。連橫照例以香草襯顯自己，並極盡所能的描繪美人才色，表面看來「香草」與「美人」兼具，但其內容仍是在追憶戀情，沒有諷諭寄託：

> 天上秋將過，人間恨已平。棄繻歌出塞，結轡拜傾城。岸柳新陰遠，池荷褪粉輕。來時呼咄咄，往事問卿卿。憶昔遊蓬島，相逢在太清。高樓居弄玉，閬苑降飛瓊。瑟鼓湘妃曲，絃調趙女箏。波翻裙帶動，風引佩環鳴。鏡檻看文鳳，簾鈎喚錦鸚。秦雲俱有意，楚雨更含情。胡蝶醒前夢，鴛鴦訴此生。已憐憔悴影，無那惱儂聲。釵折雙鬟股，棋殘一局枰。匆匆聞話別，渺渺賦長征。我自消離恨，君真負盛名。申江重握手，子夜續詩盟。細捲珍珠箔，還依翡翠屏。有時同詠燕，無處不聽鶯。歇浦春潮滿，袁臺夜月明。蘼蕪香畹晚，芍藥意輕盈。別淚鮫長濕，閒愁雁計程。相思傳錦字，惆悵倚疏櫺。五里花如霧，三春絮化萍。片帆遼海去，一劍薊門行。難塞雲停夜，龍潭雨乍晴。乖期方積思，含笑重歡迎。駟秣芝田館，鳳棲竹塢亭。投壺逢玉女，搗藥見雲英。畫染芙蓉豔，詩吟荳蔻馨。金爐香裊裊，銀燭夜熒熒。射覆猜紅豆，藏鈎賭綠橙。晚涼粧欲卸，卯飲醉初醒。錦濯松花水，裙煎芳草汀。梅魂爭冷瘦，桂魄

比娉婷。公子懷蘭芷，佳人寄杜蘅。天涯同作客，感此二難
並。[26]

〈天上〉是連橫旅遊中國、客居吉林時寫給王香禪的詩，溫柔浪漫的詩
風讓連橫的外孫女林文月先生在撰寫《青山青史——連雅堂集》，特別
說這是一首香奩體，並用以記述外祖父與王香禪的情誼。[27] 王香禪是日
治初期臺灣著名藝旦，兩人的浪漫情緣曾是詩壇佳話，但在王香禪兩度
嫁人，隨第二任丈夫謝介石（1878-1954）到中國後，早已沒有聯繫，
沒想到再次重逢竟是連橫旅遊中國之際。最初是上海巧遇，而後連橫至
東北擔任《新吉林報》、《邊聲》的記者，受謝介石、王香禪夫婦之邀在
謝宅客居數月。這段期間，連橫與王香禪已從早期的男女戀情，轉為師
徒關係。值得注意的是，〈天上〉這個題目本身就很有趣，中國的遊仙
文學有時兼具神仙與豔情，遊仙與豔遇常常是一線之隔，此詩是否有言
外之意暗示兩人過去的戀情，著實耐人尋味。

　　全詩約分為四段，開頭至「往事問卿卿」是第一段，感嘆天上人
間的種種離合聚散。第二段從「憶昔遊蓬島」到「我自消離恨，君真負
盛名。」追憶兩人在臺灣（蓬島）的相識。連橫用天上仙女（飛瓊）來
比擬王香禪的美貌，又借「湘妃鼓瑟」、「趙女調絃」形容王香禪過去
的音樂表演，突顯王香禪的色藝雙全。然而，雖有如此佳人，兩人也是
「秦雲俱有意，楚雨更含情」，但因連橫已經娶妻，終究不可能結合。
第二段許多詩句都與李商隱詩有關，如「簾鉤喚錦鸚」，與李商隱「簾
鉤鸚鵡夜驚霜」[28] 之句相似；「楚雨更含情」來自李商隱「楚雨含情俱

26　施懿琳主編：《全臺詩》第 30 冊，頁 163-164。按：《全臺詩》將〈天上〉分為五
　　言律詩 9 首，但依韻腳八庚與九青的使用模式來看，此應為一首長詩，非 9 首律
　　詩。
27　林文月：「他試以香奩體作了一首題為〈天上〉的浪漫長詩，來記二人之間由初識
　　臺北，到滬上相逢，乃至吉林再晤的經過。」參閱林文月：《青山青史——連雅堂
　　傳》，頁 142。
28　〈燕臺四首‧秋〉。〔唐〕李商隱著，〔清〕馮浩箋注：《玉谿生詩集箋注》第 3 卷，

有託」；[29] 至於「蝴蝶醒前夢」，又與李商隱名句「莊生曉夢迷蝴蝶」[30] 有關。這些華美的詩句，與李商隱詩的意境雷同，都營造出一種戀情無果的遺憾，從實際情況來說，連橫與王香禪的戀情確實也是如此。第三段從「申江重握手」到「卯飲醉初醒」，記述上海重逢王香禪的心情。連橫在上海與謝介石夫婦分手後，先至北京（薊門），再應謝介石之邀北上吉林，並住在謝宅，是以連橫用「駟秣芝田館，鳳棲竹塢亭」，讚美謝宅的優美舒適。客居吉林的日子，他與王香禪品茗、賦詩，詩中「投壺」、「射覆」、「藏鉤」，可見王香禪殷勤款待，使他不感無聊。第四段從「錦濯松花水」到最後，讚美吉林的山明水秀，再以梅魂與桂魄（月亮）烘托兩人高潔的志向，並藉「公子懷蘭芷，佳人寄杜蘅」，寄託香草美人意象，抒發「天涯同作客，感此二難並」的可貴。所謂「二難」，借用王勃「四美具，二難並」，[31] 賢主與嘉賓同具，是連橫作客吉林能受到紅粉知己款待的欣喜。〈天上〉這組詩文字纏綿，有濃厚的綺豔風格，部分詩句又與李商隱詩相似，而「蘼蕪」、「芍藥」、「蘭芷」、「杜蘅」等香草，加上最後公子與佳人的表述，增添香草美人的意象，使這首詩語豔意深，同時襯顯詩人高潔的公子形象，讓這首香奩體與臺灣詩壇流行的純粹描寫男女情懷之作有所區別。1914 年後，連橫回到臺灣仍與王香禪聯絡，〈得香禪書卻寄〉：「九歌公子思南國，一笑佳人在北方。」[32] 直接以「九歌公子」自比，尤見連橫的自我觀看。

正因連橫對自己深有期許，因此儘管流連花叢，面對名妓藝旦，總是不忘比擬古人、化用名句，表達自己的志向。如早年的〈庚子（1900）秋夕訪李蓮卿於城西賦此〉四首之二：「同是天涯淪落客，青

　　（臺北：里仁書局，1981），頁 632。

29　〔唐〕李商隱著，〔清〕馮浩箋注：〈梓州罷吟寄同舍〉，頁 526。

30　〔唐〕李商隱著，〔清〕馮浩箋注：〈錦瑟〉，頁 493。

31　〔唐〕王勃著，〔清〕蔣清翊注：《王子安集注》第 8 卷，（臺北：大化書局，1977），〈秋日登洪府滕王閣餞別序〉，頁 63。

32　施懿琳主編：《全臺詩》第 30 冊，頁 185。

衫黃袖兩情濃。」[33] 以白居易和琵琶女相類比，則連橫與李蓮卿的情意也有了惺惺相惜之感，不再是純粹的尋花問柳。不過，白居易的〈琵琶行〉是藉琵琶女投射個人貶謫的不遇之感，屬於香草美人文學傳統的「變型」代表。[34] 而 1900 年的連橫 23 歲，擔任《臺澎日報》漢文部主筆，婚姻幸福，工作穩定，還開「赤城花榜」遴選十美，應無「天涯淪落」之感。此外，〈贈明珠校書〉：「一樣天涯淪落恨，春風已在鳳城西。」[35] 同樣看到「天涯淪落」的字眼。〈無題〉五首之三：「琵琶一曲感新秋，不寫相思渾寫愁。何處江州白司馬，傷心為爾暗低頭。」[36] 此詩也是連橫早年作品，直接以白司馬自比，為琵琶女的淪落感到傷心。單看此詩，會以為連橫感慨的是自己如同白居易有懷才不遇的悲哀，但看完前後詩章，如五首之一：「無端花事太凌遲，合作金鈴好護持。我欲替伊求解脫，可憐剩蕊怪風吹。」[37] 五首之二：「煙月漂零恨亦多，買春無計奈春何。新愁舊恨渾難說，淚灑風前子夜歌。」[38] 五首之四更直言：「萍水遭逢露水緣，依依顧影兩堪憐。愛河十丈難飛渡，恨不同生離恨天。」[39] 便會知道連橫是單純為了喜愛的妓女淪落風塵，自己卻無力護持感到傷心。由此，可以看到連橫香奩體中白居易與琵琶女的典故運用，純粹是化用白居易詩句，並無特別寄託，更沒有投射個人的不遇之感。

33　施懿琳主編：《全臺詩》第 30 冊，頁 96。

34　吳旻旻分析唐代詩歌的香草美人作品，指出「感遇」與「豔情」類型是「典型」的香草美人作品，而「情景」與「敘事」則是唐代新創的「變型」，「變型」保留香草美人文學傳統的抒情、比擬喻託特質，又融入唐代重視情景交融的審美傾向，以及敘事的世俗好尚。其中白居易〈琵琶行〉寄託個人身世之感，為「變型」的代表作之一。參閱吳旻旻：《香草美人文學傳統》第四章〈香草美人創作之典型與變型〉，頁 165-188。

35　施懿琳主編：《全臺詩》第 30 冊，頁 260。

36　施懿琳主編：《全臺詩》第 30 冊，頁 95。

37　施懿琳主編：《全臺詩》第 30 冊，頁 94。

38　施懿琳主編：《全臺詩》第 30 冊，頁 95。

39　施懿琳主編：《全臺詩》第 30 冊，頁 95。

　　值得補述的是，李蓮卿與明珠都是臺南名妓，「赤城花榜」第一名就是李蓮卿，明珠是第四名。可惜 1901 年李蓮卿病殁，連橫寫下〈悼李蓮卿校書〉七絕十首，並有長篇序文交代始末：「余開赤城花榜，拔女冠軍，頓覺名噪一時。……樽前之紅淚半枯，江上之青衫未浣。余雖懺斷情魔，亦安能已於言者耶。」[40] 從連橫的自悔，可以看到他為美人薄命感到悲哀，文末對李蓮卿的憐惜與讚美，以及「江上青衫」一語，延續了「同是天涯淪落客」的感慨。矛盾的是，赤城花榜由連橫主辦，且儘管連橫「懺斷情魔」，此後仍舊參與其他評豔活動，並未因此停止。[41] 到了 1925 年，連橫 48 歲回憶往事，在《臺灣詩薈》連寫三篇〈花叢迴顧錄〉，品鑑歌妓的第一位仍是李蓮卿。而從連橫的評豔文字來看，可知他對臺灣風月文化的熟悉，由此也能瞭解連橫筆下的香奩體，確實有詩人自述風流的痕跡；只不過連橫慣用《楚辭》、唐人詩句來美化男女戀情，提昇自我形象以作為讚譽。

　　而再進一步看，連橫的風流自述與他追求的詩歌美學也是相呼應的，「豔如春花」就是連橫詩歌的一大特色。「豔如春花爛漫放」，[42] 是連橫點評臺灣詩人後，對自己詩歌文字與風格的自評，反映對綺豔詩風的追求。除了香草美人的手法外，連橫喜用常見的麗詞鋪寫閒愁，如「妊紫嫣紅都看盡，二分明月淡江春。」[43]「玉鉤簾外人如夢，紅板橋頭水亦愁。」[44] 充滿綺情柔思；但有時下筆過於輕豔，如「團圓秋月照窗

40　施懿琳主編：《全臺詩》第 30 冊，頁 120。
41　如〈稻江冶春詞〉提及大稻埕花榜選美；〈十九夜再示小鳳〉自言 40 歲遇上小鳳，原本懺斷情魔，又忍不住墜入溫柔鄉。施懿琳主編：《全臺詩》第 30 冊，頁 230-233、270-271。
42　連橫：〈魏潤庵兄過訪論詩賦此贈之〉，原發表於 1921 年 7 月 28 日《臺灣日日新報》「南瀛詩壇」欄，第 3 版。《全臺詩》第 30 冊，頁 274。
43　施懿琳主編：《全臺詩》第 30 冊，頁 96。
44　施懿琳主編：《全臺詩》第 30 冊，頁 179。

南，鬢亂釵橫睡未酣。」[45]「一轉秋波無限思，撩人春睡尚迎眸。」[46]難掩香豔色彩。加上屢以煙、夢、春、花、秋、月、愁等字眼，渲染繁華麗景與美人相思，形成華美綺麗的風格。由此來看，連橫對於自己的詩歌風格頗有自覺。以下再舉連橫著名的另一組組詩〈稻江冶春詞〉二十四首，看連橫如何以麗詞描繪當時的大稻埕。

日治時期的大稻埕熱鬧非凡，著名的俗諺：「登江山樓，吃臺灣菜，聽藝旦唱曲。」反映大稻埕的經濟繁榮與隨之而來的娛樂文化。〈稻江冶春詞〉二十四首之二十二，便提到了江山樓與藝旦選美：

> 香國評春春事娛，二分明月勝姑蘇。江山樓上群花放，猶記傳
> 臚唱碧珠。[47]

開花榜品評美人一事，常見於臺灣報紙雜誌或文人雅士的詩文筆記。評豔本身就是重要娛樂，文人將之視為風雅韻事，藝旦更藉此提高身價。江山樓這回的選美大會想必是當年盛事，不單連橫記述了此事，梅生也提到這場盛會，[48]讓我們了解此回江山樓花選，選出狀元、榜眼、探花、傳臚四位藝旦，其中名列第四的美人便是碧珠。

連橫的〈稻江冶春詞〉二十四首收在《寧南詩草》，婉約可愛，別有情致，十足綺豔詩風。雖寫大稻埕與藝旦風華，但不似早年〈臺南竹枝詞〉寫臺南豔窟那樣輕豔露骨，反而更有晚唐華美詩歌的情調。如第十首的「多情惟有春宵月，猶自娟娟照北門。」化用花間派代表張泌〈寄人〉：「多情只有春庭月，猶為離人照落花。」第十二首：「十二珠簾齊捲起，玉樓沈醉美人家。」也有杜牧〈贈別〉：「春風十里揚州路，捲上珠簾總不如」的影子。連橫向來自比「晚唐杜牧」，〈稻江冶春

45　施懿琳主編：《全臺詩》第 30 冊，頁 94。

46　施懿琳主編：《全臺詩》第 30 冊，頁 94。

47　施懿琳主編：《全臺詩》第 30 冊，頁 232。

48　梅生：〈才媛蔡碧吟與王香禪〉，黃武忠編，《美人心事》（臺北：號角出版社，1987），頁 157-158。

詞〉流露的風流才情確實與杜牧有相似之處。杜牧之詩常帶風華流美的韻致，為晚唐華美詩風的代表詩家，且「贏得青樓薄倖名」的杜牧，關心國事之餘也喜歡流連青樓。連橫不僅在寄情聲色上與杜牧相仿，華美綺豔的詩風也是兩人相似之處。其以「晚唐杜牧」自詡，顯然認為兩人在風流與才情上都有雷同之處，如〈自題小照〉：「杜牧清狂氣未馴，年來琴劍困風塵。欲留姓氏千秋後，不作英雄作美人。」[49] 又如〈題扇〉：「笙歌初罷酒盈卮，憔悴秋江杜牧之。醉倚花叢看明月，有人持扇乞題詩。」[50]〈滬上逢香禪女士〉：「春申浦上還相見，腸斷天涯杜牧之。」[51]在在是連橫風流多情的自述。

由於連橫喜歡用綺豔文字來述說自己的理想，正如「九歌公子」的表述一樣，自比「晚唐杜牧」的連橫依舊強調志節，而「青山青史」更是他亟欲突顯的所在。可以說，連橫以「九歌公子」追比屈原，又以「晚唐杜牧」自比杜牧，更愛用「青山青史」作為自稱與自譽。試看下面這首〈西湖遊罷以書報少雲並繫以詩〉：

> 一春舊夢散如煙，三月桃花撲酒船。他日移家湖上住，青山青史各千年。[52]

此詩為詩人 1912 年（時年 35 歲）旅遊中國西湖時寄給妻子的詩，堪稱連橫的代表作。詩中「春」、「舊夢」、「煙」等字眼，予人一種繁華逝去的朦朧感。「桃花」、「酒船」勾勒出西湖迷人的氛圍，到這裡，明顯的綺豔風格躍然紙上。但接下來「青山青史」的結尾，削弱了如夢似幻的情調，將連橫的理想與志向清楚表露出來——以《臺灣通史》名世的想望。連橫從 1908 年開始動筆寫《臺灣通史》，直至 1918 年完稿，《臺灣

49　施懿琳主編：《全臺詩》第 30 冊，頁 91。
50　施懿琳主編：《全臺詩》第 30 冊，頁 91。
51　施懿琳主編：《全臺詩》第 30 冊，頁 150。
52　施懿琳主編：《全臺詩》第 30 冊，頁 149。

通史》確實為連橫贏得史家、大儒的美名。這首詩前兩句以麗詞寫景，雖未必著力在豔情上，讀來仍舊浪漫輕柔，不過後面以「青山青史」表達內心志向，又使綺豔風格轉為直接表述崇高心志。這樣浪漫中帶有志節，是連橫常見的詩風。其實連橫在詩集中曾四次提到「青山青史」，如〈臺灣通史刊成自題卷末〉八首之四：「從此不揮閒翰墨，青山青史尚青年。」[53]〈次韻答古邨詞長林問漁君招飲稻江旗亭賦贈〉：「沉醉紅裙文字飲，青山青史兩留情。」[54]〈酬寄公和韻再示小鳳〉四首之三：「廿載琅環獨校書，青山青史復何如。」[55] 從中能見「青山青史」是連橫的自稱，同時也是一種自譽。然而，就在「九歌公子」、「晚唐杜牧」、「青山青史」的自我形象刻畫下，連橫的矛盾也浮現出來。而這些矛盾，剛好反映了連橫面對殖民統治與現代文明時所產生的焦慮。

三、遺民焦慮：連橫香奩體的矛盾與意義

連橫一生的言行作為有許多矛盾的面向，其香奩體亦是如此。這些矛盾的面向，很難一言以蔽之，因為它們環環相扣，層層相因，歸結到最後，又離不開整個時代思潮與殖民統治的影響。以下分從三點說明：

其一，連橫批評時人爭讀香奩體為學詩路徑、又爭寫香奩體出門應酬社交，對香奩體的盛行所引發的弊病十分清楚。然而他本人也書寫大量的香奩體並以之社交應酬，詩集中亦有諸多贈妓之作，甚至連擊缽吟也屢見香奩體。足見在香奩風潮之下，連橫儘管早有省思，卻也不能避免或是帶頭改革，反而隨波逐流沉浸其中，詩集裡大量的綺豔文字就是最佳例證。如此，則臺灣香奩體繼續流行也不足怪。此外，連橫的香奩系譜上溯《詩經》、《楚辭》，而這回歸風雅的觀點其實正是

53　施懿琳主編：《全臺詩》第 30 冊，頁 208。
54　施懿琳主編：《全臺詩》第 30 冊，頁 267。
55　施懿琳主編：《全臺詩》第 30 冊，頁 271。

日治初期的詩論主流。「風雅」的政教意涵在日治時期臺灣古典詩的場域中，承載著權力、政治與文化實踐，是一充滿權力論述的風雅話語（discourse），其用意在於展現精神抵抗。連橫在這樣知識背景中涵養成長，加上深自期許，故在書寫香奩體時多用香草美人意象，來襯顯自我的高潔好修，表達追比屈原之意。但仔細閱讀詩歌內容，卻多為連橫與藝旦的風流戀情，如此一來，香草美人的手法運用，雖表面上以風騷精神提升了香奩體的詩歌價值，其實缺乏深層寄託。原本臺灣香奩體中香草美人的手法運用，意在回歸風雅，傳達精神抵抗，因此風雅話語構成香奩系譜的重要核心，而香草美人則是召喚風雅話語的文學策略。然而連橫香奩體的香草美人意象，重點落在美化自我形象，同時又喜以「美人」指涉藝旦歌妓，而非理想的象徵。循此，當連橫不斷以香草美人來書寫香奩體時，其實也解構了臺灣香奩體中最重要的香草美人與風雅話語，使香奩體更往風流社交的路上走去。

　　其二、連橫在香奩體中常以「九歌公子」的姿態自我定位，但實際作為卻與屈原差異甚大。屈原忠君愛國，不願同流合汙，展現的是一種堅決不屈的精神。而連橫處在日本殖民統治下，卻屢屢妥協，特別是 1930 年因撰寫〈臺灣阿片特許問題〉維護日本核准臺灣吸鴉片的政策，受到臺灣人批評，甚至被櫟社除名。[56]「九歌公子」、「青山青史」所折射出來的愛國形象，對照實際生活中與日人的周旋、折衷，顯示了身為傳統文人的連橫對現代文明的追求，以及在日本殖民統治下的遺民焦慮。王德威曾說：「臺灣在短短幾十年裡見證種種遺民論述——朝代的、種族的、國家的、文化的、地域的遺民——同時出現的可能。」[57]連橫亦是如此，且其遺民論述應與香奩體中的「九歌公子」形象並看。

56　此文刊登在 1930 年 3 月 2 日《臺灣日日新報》，俗稱「鴉片有益論」。關於連橫與日人的合作以及「鴉片有益論」事件，前行研究已有詳論。林元輝：〈以連橫為例析論集體記憶的形成、變遷與意義〉，《台灣社會研究季刊》第 31 期（1998 年 9 月），頁 1-19。

57　王德威：《後遺民寫作》（臺北：麥田出版社，2007），頁 33。

　　寫於 1912 年至 1914 年的《大陸遊記》頗能反映連橫的遺民論述。
如遊記中數次介紹國民黨與孫中山先生的革命思想，視武昌起義為光復
救亡，對宋亡於夷狄、明困於滿清，則是「至今猶有餘痛」、「誠不勝興
亡之感」。[58] 明顯的排滿心理，加上對鄭成功的景仰，益發突顯漢族正統
的觀念，是種族遺民的論述。值得注意的是，連橫雖然支持革命與民主
共和，但前提是以漢人為主，且立基在孔孟學說之上。其以孔子的大同
思想理解共和，以孟子民權說理解歐美的民權思想，因此認為民國成立
後的「新中國」，既可視為「維新」──與歐美現代文明接軌；也可視
為「復古」──恢復孔子的大同世界與孟子的民權思想。[59] 這樣的共和
想法，其實是從傳統文化的視角來理解現代共和。此外，連橫對日本不
完全排斥，如《大陸遊記》：「日本者東方之君子國也，幕府之時，士皆
配劍，至今學校之中，人尤尚武；捐軀報國，視為至榮，故能戰強俄而
伏之。今中國積弱甚矣，遠師武靈，近法日本，方足以伸民氣……」[60]
顯見推崇日本尚武精神，認為中國積弱，應該學習日本。

　　事實上，早期的連橫很少以「遺民」自居，詩歌中提及「遺民」這
個關鍵詞的次數僅有三次，且都不是用來指涉自己，[61] 可是大家提到連

58　連橫對清帝國沒有任何留戀，反以為「宗廟不驚，尊號如故，且受國民之優待，
　　古來滅國，無此便宜」。對張勳這類守舊保皇人士，也說是「民國之罪人，而為法
　　律所不容者」。參閱連橫：《大陸遊記》，《連雅堂先生全集・雅堂先生餘集》，頁
　　12、40、43。

59　《大陸遊記》：「中國人無共和資格，此讆言也。謂共和不適於中國，此尤不通歷
　　史者之論也。夫唐虞之世，無為而治，此非共和之明效乎？孔子聖之時者也，而
　　禮運一篇，闡揚大同真理……孟子學於孔子者也，而主張民權。莊列之子尤嫉
　　專制，惡竊國，……漢武表彰六藝，罷黜百家，名為尊孔，實則背道，蓋其所尊
　　者，非孔子大同之道，而小康之教也。自是以來……而共和之精神將滅矣。西風
　　鼓勵，幸而蘇生。……故余以中國之共和，謂之維新可也，謂之復古亦可也。」
　　連橫：《大陸遊記》，頁38

60　連橫：《大陸遊記》，頁36。

61　連橫詩集中僅有三首詩提及「遺民」，分別是〈詠史・唐景崧〉、〈法華寺畔有閒
　　散石虎之墓余以為明之遺民也將遭毀掘乃為移葬夢蝶園中為文祭之復繫一詩〉、
　　〈迎春門遠眺〉。其中〈詠史・唐景崧〉一詩的「遺民」指唐景崧，而〈迎春門遠

橫，總不忘他的遺民身分。或許是連橫為臺灣寫史，《臺灣通史・序》著名的一句話：「國可滅而史不可滅。」[62] 突顯了連橫的遺民姿態，使得沒有再三強調遺民身分的連橫，成為臺灣遺民的代表。更有意思的是，1918 年 41 歲的連橫完成《臺灣通史》，1921 年寫下〈臺灣通史刊成自題卷末〉組詩八首，其中第六首：「一代頭銜署逸民，千秋事業未沈淪。山川尚足供吟詠，大隱何妨在海濱。」[63] 並自註：「海南長官賜序，以余為當代逸民，且感且慚。」所謂「海南長官」指的是總督府總務長官下村宏（1875-1957），他在序文讚揚：「連雅堂氏，當代逸民也。」[64] 顯見連橫接受下村宏「逸民」之稱。「逸民」近於「遺民」，但不若「遺民」的忠烈形象。「逸民」更強調節行超逸、遁世隱居，是以連橫說自己是「大隱」──真正有心隱居，雖處鬧市中不改其志。連橫接受下村宏「逸民」之稱，可以視為其遺民論述的一環，因有識者早已觀察到「遺民可能流為沽名釣譽的『逸民』現象」，[65] 連橫認同「逸民」一詞並作為自譽，足見遺民自覺。

　　然而，連橫遺民論述的矛盾在此還未告終結。晚年的連橫曾兩度使用「棄地遺民」一詞。第一次是 1931 年寫信給國民黨人張繼（1882-1947）託付兒子連震東（1904-1986），信中以「他族之賤奴」、「棄地遺民」[66] 形容日本殖民之下的臺灣人。第二次則是贈《臺灣通史》給徐炳昶（1888-1976）後，1935 年寫給徐炳昶的信中表達自己想為《臺灣通

眺〉：「迎春樓上對春風，北衛南屏一望中。拂水兩行垂柳綠，燒空萬朵刺桐紅。彌陀寺古歸迷鶴，羅漢門高斷塞鴻。省識興亡彈指事，遺民猶說草雞雄。」憑弔明鄭遺事，泛指明遺民。施懿琳主編：《全臺詩》第 30 冊，頁 242。

62　連橫：《臺灣通史》，《連雅堂先生全集》，無頁碼。

63　施懿琳主編：《全臺詩》第 30 冊，頁 208。

64　連橫：《臺灣通史》上冊，無頁碼。

65　王德威指出魯迅早就觀察到明末有三種人值得注意：漢奸、逸民與烈士。逸民最為特殊，一方面有清高名譽，一方面卻放任子姪參與新朝。參閱王德威：《後遺民寫作》，頁 27、63-64。

66　鄭喜夫：《連雅堂先生年譜》，頁 166。

史》寫續編，記載日治以來臺灣人事物的想法，無奈「身世飄零，年華漸老，此願未償，徒呼咄咄！固知棄地遺民，別有難言之隱痛也！」[67]連橫以「棄地遺民」一詞來形容自己，一方面說明臺灣人在日本殖民下的處境，一方面也是對自己遺民身分的表述──割臺後的「地域遺民」與以漢文化為依歸的「文化遺民」。

　　從排滿興漢，以明朝遺民鄭成功為依歸的「種族遺民」，到中年《臺灣通史》完成後的「當代逸民」，再到晚年「棄地遺民」背後的「地域遺民」與「文化遺民」，都在連橫的遺民論述中。連橫對於中國有文化鄉愁，雖肯定傳統文化與現代意義，卻囿於排滿興漢，思想偏頗。他讚嘆日本的文明進步與尚武精神，但晚年面對新興國民黨時又自言「棄地遺民」，以被異族統治為恥。這些遺民論述的矛盾，反映連橫一直是從傳統文化的角度來認識現代文明，也是從現代文明的角度來看待日本殖民。連橫對日本的妥協、折衷，對照其擺盪在風騷寄託與風流豔情之間的香奩體，實是異曲同工。連橫的香奩體強調回歸風雅，又屢以「九歌公子」自居，意在呼應「風雅論」中的風騷精神。然而，其香奩體多為詩人的風流韻事，僅是以「香草美人」作為文字的美化，實則沒有寄託，因而缺少了「香草美人」最重要的抵抗意義甚至是乙未以來的遺民精神。寄託的落空，能見到連橫在「九歌公子」的形象背後，突顯的未必是屈原的孤忠形象，反而是面對現代與殖民時所產生的遺民焦慮。

　　其三、連橫的香奩體離不開女性書寫，但連橫對於女性的相關論述，屢屢游移在傳統與現代之間，益發突顯矛盾所在，值得細論。[68]回溯近代臺灣女性史，1900年以後女子解纏足之風漸起，接受殖民地女子教育的女學生開始出現，此後高等女學校或小學校、公學校出身的女

67　連橫：〈與徐旭生書〉，《雅堂文集》第 2 卷，頁 132。

68　江寶釵觀察連橫女性觀的矛盾，從「禮教之外的人生境界」角度，看待連橫的花叢交遊，認為連橫對藝旦的考釋與述作，「突顯了臺灣多元的文化傳承與特殊的歷史經驗……呈現為一自具特色的另類現代性」。參閱江寶釵：〈論連橫對臺灣藝旦文化的考釋與述作〉，《臺灣文學學報》第 31 期（2017 年 12 月），頁 56-57。

學生被用來區別沒有受教育、或者只接受傳統漢學教育的女性。「新女性」──女學生的出現，改變了臺灣社會價值觀，使過去「纏足」為女性美的準則，漸漸轉成以「教育」為女性的新價值。[69] 而連橫早年便贊同女子應受教育，足見思想進步，1902 年連橫寫的〈惜別吟詩集序〉可為印證：

> 臺南連橫歸自三山，留滯鷺門，訪林景商觀察於怡園，縱談人權新說，尤以實行男女平等為義。酒酣氣壯，景商出詩稿一卷，云為榕東女士蘇寶玉所著，其身世詳於乃兄幹實序中。連橫讀竟而嘆曰：中國女權不振，一至於此歟！三綱謬說，錮蔽人心；道德革命，何時出現？……晚近士夫，倡言保種，推原於女學不昌，是誠然矣！……習俗移人，賢者不免，余不為寶玉責，而特罪夫創「父為子綱，夫為妻綱」者之流毒至此也。同此體魄，同此靈魂，男女豈殊種哉？而扶陽抑陰者，謂女子從人者也，奴隸待，牛馬畜，生死榮辱，仰息他人，莫敢一破其綱牢。……嗚呼！中原板蕩，國權廢失，欲求國國之平等，先求君民之平等，欲求君民之平等，先求男女之平等。[70]

連橫在序中慷慨激昂，感嘆蘇寶玉的不幸遭遇，並將這一切的源由，歸咎於女學不昌，導致婦女在傳統綱常──父為子綱、夫為妻綱──的流毒下，無法反抗。所以連橫主張「欲求國國之平等，先求君民之平等；欲求君民之平等，先求男女之平等。」這是連橫第一次公開表達人權新說，主張男女平等，時年 25 歲。而後 1912 年旅遊中國，在上海知道青樓名妓張曼君（？-？）設立青樓學校，對倡導者張曼君白天授課、晚

69　洪郁如著，吳佩珍、吳亦昕譯：《近代台灣女性史：日治時期新女性的誕生》（臺北：臺大出版中心，2017），頁 139-183。
70　連橫：《雅堂文集》第 1 卷，頁 48。

上度曲，不僅沒有輕視，還大加讚賞，[71] 思想先進實屬難得。

　　連橫不僅贊同男女平等，甚至認同女子參政，《大陸遊記》：「女子參政為文明國之所爭，雖以英美人之自由，尚未竟酬厥志，則以男尊女卑之說囿之也。……女子參政雖遭阻遏，不能徹本衷，然我輩昔昔而求之，必有成功之日。」[72] 在女子受教育尚且不普及的 1910 年代，連橫已贊同女子參政，並認為必有成功之日。此外，連橫更贊同廢娼，以為是走向文明的開端：

> 近世文明諸國，始有廢娼之論，衣食足而後知禮義，女閭之盛衰，可觀其俗矣。[73]

> 京中勾欄均萃於此，掛牌納稅，制若公娼。警署理之，然其法未周，又無檢黴之令，故花柳之毒播傳絕速也。嗚呼，人生之害，孰甚於茲？而淫者不察，殘其肢體，以累後人。無罪而宮，惄然可憫。其害且及於邦家，君子於此而知種族之弱朕於勾欄矣。[74]

第一則連橫將「廢娼」與文明、禮義相提並論，認為文明、禮義之國，娼妓的數量會降到最低。第二則論述北京娼妓問題，性病的快速傳播，不僅淫者遭殃，也禍及國家，由此推論到種族之弱，在娼妓的興盛中已見徵兆。這樣的評論雖然未必正確，但從中能看見連橫確實認為娼妓之多寡，與文明進步息息相關。

　　上述關於連橫對娼妓的憐憫、對青樓興學的讚許、對男女平等的支持、贊同廢娼、反對父權主義等等，都能說明連橫在新舊世代交替之際，確實擁有開明思想，雖為舊文人，卻是新男性，幾乎是走在臺灣傳

71　連橫：《大陸遊記》，頁 17。
72　連橫：《大陸遊記》，頁 17。
73　連橫：《大陸遊記》，頁 21。
74　連橫：《大陸遊記》，頁 58。

統文人的最前端。對此，過去論者以連橫身為報人，故對西方思潮的接收特別迅速。[75] 但矛盾的是，連橫支持女子教育、贊成廢娼以追求文明進步、男女平等的同時，卻又頻繁狎遊，參與評豔活動，大量書寫香奩體。如此種種，恰恰展現傳統父權社會中菁英文人的權力，而非新時代的文明進步思想。

　　透過前述的三個矛盾面向，要追問的是，究竟該如何看待連橫的香奩體？日治時期的臺灣全面迎向現代，在文明、啟蒙的社會思潮下，所有人面對時代洪流不可能無感，連橫展現出來的堅持、抵抗、折衷、妥協，正好反映臺灣傳統文人面對殖民與現代所產生的焦慮。從臺灣香奩體的發展來看，乙未之後的日治初期，臺灣文人用「風雅」論詩，意在抵抗日本殖民，因此日治時期臺灣香奩體中的「香草美人」是為了再現風騷，寄託抵抗精神。連橫固然也在香奩體中再現風騷精神，且極力刻畫追比屈原的「九歌公子」形象，但究其內容卻多屬風花雪月，詩中「美人」不再是理想的象徵，而是藝旦歌妓的實指，所謂「淡江風月屬吾徒」，[76] 並非憑空而來。連橫也曾意識到自己寫了太多徒有豔情的香奩體，因此整理自己的詩集時，先是「刪盡風花三百首」，[77] 但 40 歲遇上小鳳校書時卻又動搖：「刪盡風花百首詩，又來香國惹情癡。」[78] 顯然與藝旦交往是不能停止香奩體的原因之一。如此一來，連橫香奩體中的香草美人，究竟是風騷精神還是風流豔情？難免模糊不清。此外，連橫與日人的合作，多少折損「九歌公子」、「青山青史」的美譽。凡此，在在說明連橫的香奩體儘管強調風雅詩教，也不斷召喚香草美人作為香奩體的精神感召，可是他筆下的香草美人，實際卻離理想越來越遠，也不再

75　例如張靜茹便指出上海本為中國婦女運動蓬勃發展的城市，連橫身為報人，對西方思潮早有接觸，故早年就十分關注女權問題。參閱張靜茹：《上海現代性‧臺灣傳統文人——文化夢的追尋與幻滅》，頁 262。

76　施懿琳主編：《全臺詩》第 30 冊，頁 281。

77　施懿琳主編：《全臺詩》第 30 冊，頁 175。

78　施懿琳主編：《全臺詩》第 30 冊，頁 271。

是完全的堅定抵抗。以此來看，連橫的香奩體在臺灣的香奩系譜中，應是一個轉折的代表，揭示香奩體逐漸從「抵抗」流向「社交應酬」以及「遊戲豔情」；而其矛盾放在現代文明與日本殖民的面向看，突顯的實是揮之不去的遺民焦慮。

四、小結：風雅話語的衍異

在連橫的眼中，香奩體上溯《詩經》、《楚辭》，豔情中帶有志節，不能完全以豔詩看待。然而香奩體流行的結果，使人人競習香奩體以為學詩門徑，導致詩歌品質低落。連橫雖意識到香奩風潮的弊病，卻也喜愛香奩體並大量書寫香奩體。其香奩體不同於一般低俗豔詩之處，在於他廣泛運用香草美人的意象，且化用前人詩句，顯得綺豔中也有志節。但連橫以「香草」突顯自我高潔形象的同時，「美人」卻指向藝旦名妓，使香奩體從最初的暗藏抵抗，逐漸流入遊戲、社交與豔情。要言之，在臺灣香奩系譜中，連橫香奩體所召喚來的香草美人，已不同於日治初期別有寄託的香奩體。儘管「九歌公子」、「晚唐杜牧」、「青山青史」等自我觀看，說明連橫志向遠大，但「美人」意象的轉變，卻讓香奩體逐漸走向遊戲與豔情。

連橫有意識地在香奩體中運用香草美人的手法，傳達回歸風雅之意。然而，矛盾的是，連橫批評香奩體的弊病，但自己也在香奩風潮中繼續遊戲社交，沒有革新弊病，甚至香草美人投射出來的「九歌公子」，也不完全真能追比忠烈屈原。他以「青山青史」自譽，但與日人的周旋合作難免削減了愛國形象。特別是連橫的女性論述，既主張男女平等、重視女學，甚至贊同廢娼等等，諸多先進言論，對照實際生活的流連花叢、品評藝旦，充滿明顯矛盾。

連橫在新舊文化衝撞的時代中維護傳統、接受現代，然而無可避免的矛盾在他身上一一浮現，這些矛盾反映了連橫企圖以舊傳統回應現代性，並折射出他面對殖民與遺民的焦慮。連橫的焦慮在香奩體的發展

脈絡同樣可以看到，當香奩風潮盛行之際，連橫以「香草美人」傳達回歸風雅之意，說明豔情中不忘志節。可是連橫無法擺脫香奩體的流行弊病，「美人」意象的轉變降低了原有的風騷精神與抵抗意義。風騷與豔情的並存，反映了連橫香奩體企圖以香草美人呼應風雅詩教的同時，卻解構了風雅詩教，並見證了臺灣香奩體中風雅話語的衍異重構。

第五章
遊戲還是抵抗：臺灣新竹枝詞與漢詩現代性

　　當臺灣香奩體成為文學風潮，影響許多臺灣文人時，也同時影響到臺灣竹枝詞的發展。臺灣竹枝詞在清代臺灣古典詩中，是一個與「八景」同樣重要且普遍的主題，源自中國采詩觀風的文學傳統，目的在反映臺灣風土民情。臺灣竹枝詞在清代最早以宦遊文人為主要書寫者，宦遊文人透過竹枝詞紀錄臺灣種種面貌，詩歌內容有「以詩證史」之功，能補方志不足。而其書寫模式——組詩聯詠、詩中有註，隨著書寫者越來越多，更逐漸形成臺灣古典詩的特色。[1] 臺灣竹枝詞在清代立下穩固的基礎，但到了日治初期，開始有所謂「新竹枝詞」出現。

　　第一位寫下「新竹枝詞」者，是清末臺南著名詩人施士洁（1853-1922）。施士洁的〈臺江新竹枝詞〉三十二首，曾在臺灣竹枝詞的研究上引發不同論調，或視為創新，或視為延續。[2] 仔細說來，前行研究的

1　關於清代臺灣古典詩的特色為何，施懿琳早於 1991 年便提出四大特色：一、組詩聯詠。二、詩中有註。三、詩前序文。四、長篇詩題。再就清代臺灣竹枝詞而言，翁聖峰最早指出組詩聯詠、詩中有註，並非僅見於臺灣竹枝詞，清代中國竹枝詞也常常能見這樣的書寫模式，此與清代文人「多學而識」的時代風氣，以及描寫邊疆異趣、為他日編修方志所參考有關。之後余育婷從詩歌律的角度，觀察到臺灣風土書寫的模式確立——組詩聯詠、詩中有註，實則是官方文學對臺灣文人的影響，也是清帝國將漢文化移植到臺灣，對政教風土的重視。參閱施懿琳：《清代臺灣詩所反映的漢人社會》（臺北：臺灣師範大學國文學系博士論文，1991），頁 607-611；翁聖峰：《清代臺灣竹枝詞研究》（臺北：文津出版社，1996），頁 64-70；余育婷：《想像的系譜：清代臺灣古典詩歌知識論的建構》（新北：稻鄉出版社，2012），頁 66-87。

2　最早是 1983 年陳香編著《臺灣竹枝詞選集》：「施士洁此三十二首〈臺江新竹枝

看法沒有對錯，如果以「臺灣竹枝詞」為主體來看，施士洁的〈臺江新竹枝詞〉三十二首轉寫男女豔事，確實與清代臺灣竹枝詞的風土書寫不同，視為創新並無不可。而向麗頻將臺灣竹枝詞放在中國竹枝詞的傳統內探討，那麼反對創新也能理解。不過，若將竹枝詞起源於中國的事實，用以論述臺灣竹枝詞的發展與流變，很容易忽略「臺灣」的主體性，故在此仍將施士洁的〈臺江新竹枝詞〉列入臺灣竹枝詞的範疇討論。

　　臺灣竹枝詞從清代開始，一直都是以風土為主，很少涉及豔情，及至施士洁的〈臺江新竹枝詞〉才有大膽的旖旎之風。施士洁在這組竹枝詞特別加上了一個「新」字，顯然明白這是一個創新之舉也有意為之。在施士洁之後，日治時期的臺灣竹枝詞除了繼續書寫風土，有的也逐漸雜染上豔情。除了眾所周知的連雅堂〈臺南竹枝詞〉十九首之外，1910年櫟社春會宿題〈臺中竹枝詞〉也看得到雜染豔情的情形。櫟社以「臺中竹枝詞」作為詩社宿題的題目不足為奇，但在臺灣竹枝詞的風土書寫傳統中，從質樸風土擴展到男女豔情上，確實別創新調。

　　臺灣竹枝詞從清代開始，原是最質樸、最具在地性特色的主題，當新竹枝詞的內容與風格被「豔情」、「遊戲」滲透，甚至成為社交應酬的工具時，意味著竹枝詞已產生新變。這份新變，放置在臺灣竹枝詞的發展中，看似莫名所以，但若放置在臺灣香奩體的脈絡下來看，實是時

詞〉，細述句闌豔事，又屬大膽創格，使竹枝脫離樸質之野，邁向香奩幽徑。」之後 1996 年翁聖峰《清代臺灣竹枝詞之研究》：「清代竹枝詞大都寫客觀的風土，像施士洁、連雅堂的竹枝詞幾乎都是寫男女在勾欄之間的豔事，……這些是異於當代的竹枝詞而別創新調。」這樣的觀點，基本上與陳香的「大膽創格」說是一致的。到了 2003 年向麗頻重新探討這組詩，先以「臺江」是指福州，非指臺灣；其次以竹枝詞本為民歌，書寫食色享樂的作品早已有之，從中國竹枝詞的發展來看，不具創新意義，因此反對創新之說。以上參閱陳香：《臺灣竹枝詞選集》（臺北：臺灣商務印書館，1983），頁 95；翁聖峰：《清代臺灣竹枝詞之研究》，頁29；向麗頻：〈施士洁〈臺江新竹枝詞〉探析〉，《東海大學文學院學報》第 44 卷（2003 年 7 月），頁 204-221。

代風潮影響詩歌主題的具體例證。因此本章在前行研究的基礎上，擬從「臺灣竹枝詞」的視角，進一步探討日治時期臺灣新竹枝詞的新變，一方面觀察臺灣竹枝詞到新竹枝詞的演變過程中，如何受香奩體的影響；一方面嘗試探問臺灣新竹枝詞的「新」，應該如何看待，又如何見證漢詩現代性。

一、雜入豔情：從臺灣竹枝詞到「新」竹枝詞

　　從臺灣竹枝詞的發展脈絡來看，清代臺灣竹枝詞重視的是「上以風化下，下以風刺上」，在采詩觀風的傳統下，臺灣竹枝詞往往強調風土民情，有時又兼具諷諭功能。而這樣的采風意識，實則上溯風雅詩教，如同〈詩大序〉所謂：「風，風也，教也，風以動之，教以化之。……故正得失，動天地，感鬼神，莫近於詩。先王以是經夫婦，成孝敬，厚人倫，美教化，移風俗。」換言之，[3] 竹枝詞在清代臺灣與政教之用關係密切，而連章組詩、詩中有註等書寫手法之所以成為臺灣古典詩的特色，最初目的也是為了提供清楚的風土解釋，達到「觀風」的作用，反映社會現象。到了日治時期，這樣的觀點仍延續下去，如黃純青（1875-1956）在 1934 年發表的〈談竹枝〉：

> 我臺山川之美麗，花木之奇異，氣候之溫和，閩粵民族之殊風，生熟番人之異俗，與中原不同。故滿清時代，自中土來官臺灣，都有感觸海外特殊之風土，發為竹枝詞，如雍正中巡臺御史夏之芳〈臺陽百詠〉，其他散見於〈社寮集〉、〈赤嵌集〉、〈臺灣雜詠〉以及府縣廳誌等，不遑枚舉。……總而言之，竹

3　〔漢〕毛亨傳，〔漢〕鄭玄箋，〔唐〕孔穎達疏：《毛詩注疏》，收於〔清〕阮元審定，〔清〕盧宣旬校：《十三經注疏》（臺北：藝文印書館，1997），第 1 卷，頁 13-15。

枝者，風詩之遺也。於文藝上確有價值，所謂大眾文學，所謂
鄉土文學，尤有特色，吾人確信也。[4]

黃純青認為竹枝詞以風土為主，甚至屬於鄉土文學，儘管他所舉的例子
如夏之芳〈臺陽百詠〉沒有直接題為〈竹枝詞〉，但因夏之芳的〈臺灣
雜詠百首〉全為七言絕句，全寫臺灣風土民情，故被黃純青視為竹枝
詞。由此可見，黃純青應是認為「竹枝詞」等於「風土詩」，特別是用
七言絕句寫風土者，都被視為「竹枝詞」。審視黃純青的竹枝詞觀點，
所謂「竹枝者，風詩之遺也」，仍延續清代臺灣竹枝詞的采風傳統。臺
灣竹枝詞從郁永河寫下〈土蕃竹枝詞〉二十四首、〈臺灣竹枝詞〉十二
首，開始了漫長的風土書寫，內容反映臺灣所有面貌，卻很少涉及豔
情，直至清末施士洁〈臺江新竹枝詞〉出現。在此，必須加以說明的
是，清代臺灣竹枝詞除了采風之外，當然也有男女之情，然而清代臺灣
竹枝詞的男女情愛，多半仍是傾向劉禹錫（772-842）〈竹枝詞并引〉九
首之二：「山桃紅花滿上頭，蜀江春水拍山流。花紅易衰似郎意，水流
無限似儂愁。」[5] 一類的質樸風格，較少露骨的豔情調笑，與施士洁的新
竹枝詞差異甚大。這份差異，也正是臺灣竹枝詞與臺灣新竹枝詞的主要
差別。

　　施士洁的〈臺江新竹枝詞〉三十二首，寫的是福州市的臺江冶遊，
地點不是臺灣，之所以被放在臺灣竹枝詞的範圍內探討，主要的原因
是作者施士洁為清末臺灣代表文人。此外，儘管這組詩的內容並非臺
灣生活，但其書寫模式、時代精神乃至詩人情感，都離不開臺灣。正因
如此，前行研究提及這組詩時，都將之納入臺灣竹枝詞的範疇看待。[6]

4　黃純青：〈談竹枝〉，《先發部隊》第 1 號（1934 年 7 月），頁 35。

5　〔唐〕劉禹錫撰：《劉賓客文集》第 27 卷（臺北：中華書局，1966），頁 4。

6　如前文提及的陳香《臺灣竹枝詞選集》、翁聖峰《清代臺灣竹枝詞之研究》、向麗
　　頻〈施士洁〈臺江新竹枝詞〉探析〉等，都將施士洁〈臺江新竹枝詞〉納入臺灣
　　竹枝詞範圍討論，論述是否為創新之舉。

要談〈臺江新竹枝詞〉三十二首的創作背景，必須得提 1895 年乙未割臺的往事。在臺灣民主國風流雲散後，施士洁不願受日本殖民統治，舉家離臺內渡，為謀生計往來泉州、廈門、福州等地，及至 1904 年遷居廈門，才過著稍微穩定的生活。從備受禮遇的臺灣進士、海東書院山長，到內渡後一無所有的貧困生活，不免讓施士洁感到世事無常、抑鬱難遣。割臺前的施士洁已是風流才子，割臺後也沒有改變風流多情的個性，縱使生活貧困，依然流連花叢，〈臺江新竹枝詞〉三十二首就是在這段時間寫成。[7] 先看第一首：

> 昌蒲綠酒正酣時，浪迹臺江譜竹枝。一枕神雞游子夢，定情誰
> 是可人兒。[8]

施士洁尋花問柳之際，起心動念要將臺江冶遊譜成竹枝詞，從題目多了一個「新」字來看，顯見施士洁很清楚臺灣竹枝詞書寫風土的傳統，以及他將男女豔情寫入竹枝詞是有意創新。第三句化用唐朝名妓史鳳（？-？）的〈神雞枕〉：「枕繪鴛鴦久與棲，新裁霧縠鬪神雞。與郎酣夢渾忘曉，雞亦留連不肯啼。」[9] 表示自己乃異鄉遊子寄情風月，沈溺溫柔鄉。只不過風月場中美人眾多，誰才是那位「定情可人兒」？詩人拋出的問題，為之後的三十一首新竹枝詞拉開了序幕，準備勾勒一幕幕臺江浮世繪。不論是「半褪羅裳著意紅，小開卿莫罵東風」[10]（三十二首之三）的羅裳半開引人遐思，還是「捔戰轟雷鬪酒軍，爭先破敵奏奇勳」[11]（三十二首之二十八）的飲酒遊戲，清楚描繪文人、歌妓之間的互

7　依據向麗頻的考證，這組詩約作於 1907 年，當時施士洁與胡恂如（？-？）父子來往密切，常結伴至臺江青樓尋歡買醉。參閱向麗頻：〈施士洁〈臺江新竹枝詞〉探析〉，頁 209。

8　施懿琳主編：《全臺詩》第 12 冊（臺南：臺灣文學館，2014），頁 201。

9　《全唐詩》（增訂本），卷 802（北京：中華書局，2011），頁 9127。

10　施懿琳主編：《全臺詩》第 12 冊，頁 201。

11　施懿琳主編：《全臺詩》第 12 冊，頁 204。

動，也讓人一窺當時臺江的風月文化。當然，這組詩在風流豔情外，無可避免地也抒發了「同是天涯淪落人」的感慨。

自從白居易邂逅琵琶女寫下〈琵琶行〉後，落魄文人與遲暮美人的同病相憐，一直被延續下來，施士洁也不例外。〈臺江新竹枝詞〉三十二首之九：

> 曲中絃語訴喃喃，才上歌場已不凡。綺歲便為商婦感，有人老大濕青衫。[12]

此詩基調明顯可見〈琵琶行〉的影響痕跡，而「曲中絃語」、「商婦」、「老大濕青衫」等字眼，透過傷懷名妓，凸顯自己也有「江州司馬青衫溼」的淪落天涯之悲。[13] 嚴格說來，〈臺江新竹枝詞〉三十二首幾乎都是青樓冶遊的情形，很少述及詩人的內心憂憤，但前行研究成果全部指出施士洁在割臺後的豔情書寫，有逃避現實的心理。[14] 由此來看，施士洁〈臺江新竹枝詞〉三十二首不只反映了清末臺江的風月文化，還投射臺灣文人經歷乙未世變後的抑鬱痛苦。

施士洁〈臺江新竹枝詞〉最重要的意義，在於公開標示「新」竹枝詞，表示在竹枝詞中書寫豔情為創新之舉。而從這一個「新」字，也能看到他是清楚知道臺灣竹枝詞的書寫傳統以風土為主，並不是男女豔情或妓院情事。施士洁〈臺江新竹枝詞〉不是臺灣竹枝詞書寫豔情的特例，1910 年 4 月 23 日臺中櫟社庚戌春會宿題〈臺中竹枝詞〉，除了傳統的風土書寫外，也開始著力描寫臺中的風月文化，乃至藝旦姿容、體

12　施懿琳主編：《全臺詩》第 12 冊，頁 202。

13　〔唐〕白居易撰、〔清〕汪立名編：《白香山詩集》第 1 冊，第 12 卷（臺北：中華書局，1966），頁 10-11。

14　參閱余美玲：〈海東進士施士洁的詩情與世情〉，《逢甲人文社會學報》第 1 期（2001 年 11 月），頁 33-54；向麗頻：〈施士洁〈臺江新竹枝詞〉探析〉，頁 204-221；陳淑美：《施士洁及其《後蘇龕合集》研究》（臺北：政治大學國文教學碩士專班碩士論文，2007）。

態、服飾等等，明顯雜染豔色趣味。平心而論，以詩歌紀錄青樓妓院未必就是豔情書寫，如清代劉家謀（1814-1853）也寫過關於臺南大西門的青樓妓女：「睥睨東邊列屋居，冶遊只費杖頭儲，那知切里徵郵外，別有催科到女閭。」詩後附註：「大西門內，右旋而北，面城居者，皆狹邪家；肩挑負販之人，百錢即可一度。主者多蔡姓，收淫嫗、逃婢實之，日斂其賣笑之資；斂資未盈，輒遭苛責。或勒負債家婦女為之，以償所負，尤為不法。」[15] 說明清代中葉臺南的妓女來源與接客情形。劉家謀雖寫青樓妓女，仍屬反映風土的竹枝詞，原因在於詩中沒有香豔成分與調笑戲謔，而是譴責逼良為娼的不法之事，可知劉家謀關注的是妓女的可憐處境。

　　1910 年臺中櫟社春會宿題〈臺中竹枝詞〉固然也有傳統風土的詩作，如寫八卦山、檳榔、文旦柚、採茶、迎神等；但描寫青樓妓院、藝旦姿容、男女豔情的詩作大幅增加，且多有戲謔之語，足見與會文人觀看臺中風土的視角已有轉移的跡象。先看南社社長趙鍾麒（1863-1936）〈臺中竹枝詞〉十二首之三、之五：

蓬島瑤姬靚異妝，花街富貴洞迷香。簡郎消受○流窟，等似天
臺入婿鄉。
葫蘆墩下送臺車，後押雙枝姊妹花。稱體衣衫紅窄窄，酴香春
透出羅紗。[16]

「瑞軒」是霧峰林家的一座私人園林，位於臺中公園附近，交通便利，櫟社常在此舉行詩會。「庚戌春會」在 1910 年 4 月 23 日召開，〈臺中竹

15　劉家謀：〈海音詩〉一百首之四十四，收於施懿琳主編：《全臺詩》第 5 冊（臺南：臺灣文學館，2004），頁 292。

16　櫟社庚戌春會宿題〈臺中竹枝詞〉，均見於《智慧型全臺詩知識庫》電子資料庫，因施懿琳主編紙本《全臺詩》出版時未及收錄，後補錄於臺灣文學館：《智慧型全臺詩知識庫》，參見：https://db.nmtl.gov.tw/site5/querytwp（瀏覽日期：2021 年 7 月 13 日）。以下所引〈臺中竹枝詞〉皆以《智慧型全臺詩知識庫》的資料為主。

枝詞〉則是此次的宿題。上引第一首詩的缺字推測為「風」，詩中描述
美人盛裝打扮，在花街妓院等待接客，迷香洞就是風流窟。上引第二首
著眼在藝旦服飾、姿態，「稱體衣衫紅窄窄，酴香春透出羅紗。」的描
寫，較之前一首詩，豔色成分更多。

　　臺灣北部藝旦一向有「飲墨水」的習俗，多半在 14、15 歲時隨養
母南下，培養才藝與交際手腕，而南下的第一站便是臺中。[17] 陳錫金
（1867-1935）〈臺中竹枝詞〉十二首也提到此一現象，如十二首之九：
「煙花北部半飄零，爭抱琵琶別地經。膩粉濃脂何處好，來懸豔幟醉西
亭。」十二首之十一更說：「新盛橋西是姜家，春風門巷舊琵琶。郎來
不用叨叨問，二八儂年正破瓜。」[18] 可知新盛橋西多煙花場所。而蔡啟
運（1855-1911）〈臺中竹枝詞〉十二首同樣描繪臺中風月，試看十二首
之四、十二首之九：

> 翩翩裘馬訪花忙，春日樓中浪舉觴。本地胭脂輸北地，外江歌
> 板滬江妝。
> 不妨見異即思遷，貸座敷名千代田。一度春風仙島女，竟身如
> 玉軟於綿。[19]

蔡啟運是臺灣擊缽吟的重要推手，喜歡詩文，且生性風流，現今留存的
許多詩都有香奩色彩，因此其〈臺中竹枝詞〉富有豔色趣味並不意外。
上引第一首寫的是藝旦唱戲娛客的情形。臺灣藝旦以賣藝為主，在京劇
盛行的風氣下，藝旦也會登臺演戲，名曰「藝妲戲」，通常演唱京劇、

17　參閱邱旭伶：《臺灣藝妲風華》（臺北：玉山社，2009），頁 65-66。
18　陳錫金：〈臺中竹枝詞〉，收於臺灣文學館：《智慧型全臺詩知識庫》，參見：
　　http://140.133.9.113/poem_info.html?16957-28307-379*558（瀏覽日期：2020 年 11
　　月 27 日）。
19　蔡啟運：〈臺中竹枝詞〉，收於臺灣文學館：《智慧型全臺詩知識庫》，參見：
　　http://140.133.9.113/poem_info.html?10405-16876-367*715（瀏覽日期：2020 年 11
　　月 27 日）。

崑曲，同時為自己累積資本以提高身價。[20] 第二首是蔡啟運描寫上青樓（貸座敷）的親身經歷，文字露骨，尤其「竟身如玉軟於綿」一語，充滿香豔，引人遐想。

　　大抵而言，櫟社的庚戌春會宿題〈臺中竹枝詞〉，既延續清代臺灣竹枝詞注重風土民情的采詩觀風傳統，也出現許多刻畫藝旦姿容、反映風月文化的新調。只是，為什麼「豔情」會進入臺灣竹枝詞的脈絡中呢？這個問題牽涉到同光時期興起的擊缽吟與香奩體。臺灣香奩體自同光以來開始流行，隨著擊缽吟的熱潮，兩者互為因果的相輔相成，即便到乙未割臺後仍舊盛行，且形成一股香奩風潮（詳見第二章）。香奩風潮的社會背景，離不開詩社與藝旦，日治時期臺灣詩社林立，凡詩社舉辦詩會幾乎都能看到藝旦身影，櫟社開詩會亦是如此。席間照例有藝旦吟詩彈琴來助興，趙鍾麒的〈臺中竹枝詞〉十二首之一：「瑞軒軒外柳絲絲，裙屐來時共賦詩。姊妹園游私指語，柳陰陰曲有〇窺。」便是寫藝旦參與詩會順便遊賞園林的情形，[21] 詩中的缺字，推測可能為「人」。另，鄭鵬雲〈臺中竹枝詞〉六首之四：「評詩以外選花枝，中部名花亦可兒。怪煞翩翩貴公子，偏從北地買胭脂。」反映詩會活動中的藝旦除臺中外，[22] 還有來自臺北者，且因名花眾多，詩會不只評詩，同時評豔選美。

　　在香奩風潮下，臺灣文人的詩歌審美觀難免受到影響，竹枝詞雜入豔色趣味也很自然。對此情形，鄭登瀛（1873-1932）〈臺中竹枝詞〉八首之七、之八提供了一點線索，讓我們瞭解日治前期臺灣文人如何看待

20　邱旭伶：《臺灣藝妲風華》，頁 105-121。

21　趙鍾麒：〈臺中竹枝詞〉，收於臺灣文學館：《智慧型全臺詩知識庫》，參見：http://140.133.9.113/poem_info.html?11190-18080-614*687（瀏覽日期：2020 年 11 月 27 日）。

22　鄭鵬雲：〈臺中竹枝詞〉，收於臺灣文學館：《智慧型全臺詩知識庫》，參見：http://140.133.9.113/poem_info.html?11791-19080-483*761（瀏覽日期：2020 年 11 月 27 日）。

櫟社的詩會活動與香奩豔情吹向臺灣竹枝詞：

> 人文星散感滄桑，誰築吟壇鬥句工。何幸斐亭鐘絕後，大開櫟
> 社繼宗風。
> 欲學劉郎演竹枝，懷人心思入新詩。愛他韓偓香奩體，卻扇吟
> 成絕妙詞。[23]

鄭登瀛認為經歷乙未世變後，櫟社的存在有延續斐亭詩鐘的文學意義，十分認同櫟社的詩會活動。同時，詩人坦然表示對於〈臺中竹枝詞〉這一題目，最初有仿效劉禹錫作〈竹枝詞〉的初衷，然而因喜愛韓偓香奩體，難免變成了書寫豔情的絕妙好詞。由此可以看到，竹枝詞雜染豔情，離不開香奩體的影響。臺灣文人愛讀香奩體，於是創作竹枝詞時難免增添豔色趣味，促使臺灣竹枝詞開出「新竹枝詞」的路徑。

除此之外，能夠反映臺灣竹枝詞走向香豔新徑的代表者，還有連橫（1878-1936）。連橫〈臺南竹枝詞〉共十九首，作於 1895-1911 年間，約 18 至 34 歲。〈臺南竹枝詞〉全為七言絕句，每首均作註，詩前有序文交代始末：

> 詠臺南竹枝者多矣，然皆數十百年之事，與今日風致大相懸
> 殊。雨窗無事，撫景閒吟。其間半雜方言，僕雖略知一二，而
> 疏漏亦多，箇中情景，尤欲質之司空見慣者。[24]

〈臺南竹枝詞〉詩前有序、詩中有註且全為七言絕句的形式，基本延續了清代臺灣竹枝詞的書寫模式。陳香將連橫的竹枝詞歸入「岔入旖旎香豔的幽徑」，原因在於「從語意的纏綿上加工」。[25] 從內容來看，連橫的

23　鄭登瀛：〈臺中竹枝詞〉，收於臺灣文學館：《智慧型全臺詩知識庫》，參見：http://140.133.9.113/poem_info.html?30474-51899-665*751（瀏覽日期：2020 年 11 月 27 日）。

24　施懿琳主編：《全臺詩》第 30 冊（臺南：臺灣文學館，2013），頁 111。

25　陳香：《臺灣竹枝詞選集》，頁 282。

〈臺南竹枝詞〉十九首幾乎全寫妓院情事，因連橫認為古今臺南風致早有改變，故重寫竹枝詞以呈顯臺南風貌，而所謂「今日風致」，所指特別著重在臺南城西一帶的青樓妓院。

　　嚴格說來，從清代到日治，臺南改變的風土民情應該不少，但連橫卻只關注到青樓妓院的變革，顯見目光聚焦所在。進入日治時期後，青樓改名「貸座敷」，連橫將尋歡客與妓女的遊戲方式、藝妲戲的熱鬧非凡、新聞報紙品評妓女、男女共浴的新習俗，乃至日本警察取締未滿18歲娼妓違法賣淫等等，一一寫進〈臺南竹枝詞〉中。雖名為「竹枝詞」，卻文字綺麗，語意纏綿，甚至稍嫌露骨，已成典型的香奩體。例如第十首：

> 湘裙六尺石榴紅，纖嫋腰肢對舞工。偶覺中單花樣露，小開卿
> 莫罵春風。[26]

此詩描寫妓女著裙裝跳舞，舞姿曼妙，只不過春風吹來，不小心春光外洩。連橫詩末注云：「女子不著褲，圍有紅裙，深藏不露，即《禮》所謂『中單』也。按《說文》：『褲，脛衣也。』實為今製。《古今注》曰：『褲蓋古之裳，周武王以布為之，曰褶；敬王以繒為之，曰褲，俱不縫口。』縫口之褲，始於漢代也。」[27] 這樣詳細解釋，甚至引經據典地說明，遵循著清代臺灣竹枝詞的書寫傳統，然而「小開卿莫罵春風」的輕豔調笑，已與清代臺灣竹枝詞的質樸風格不同。再看第十二首：

> 琵琶偷抱到巫陽，十五羞為夜度娘。白帽無端來剝啄，被他驚
> 起兩鴛鴦。[28]

此詩語帶戲謔，文字輕豔，連橫更在註腳說明：「日法：女子年未十八

26　陳香：《臺灣竹枝詞選集》，頁282。
27　施懿琳主編：《全臺詩》第30冊，頁112。
28　施懿琳主編：《全臺詩》第30冊，頁113。

者為藝妓，不得賣淫；其或男女好悅而相親暱者，為警察所知，罰鍰罪之。白帽者，即警察所戴也。」註腳所謂的「藝妓」應當只是美稱，因藝妓以吟唱彈琴為主，不公開接客賣淫，有別於度夜的「藝娼妓」與「娼妓」。[29] 女子的不法行為招來日警取締，反映妓院的另一種真實面，也讓後人瞭解當時法律規定滿 18 歲方可賣淫。同樣的事情，蔡啟運在櫟社春會〈臺中竹枝詞〉十二首之十二也有寫道：「密賣有干違警例，捉將官裡總須防。公園花柳幽深處，草草鴛鴦夢一場。」[30] 生動道出日本警察在公園捉拿「密賣」交易，尋歡客需得時時提防的心理。由此來看，當時娼妓「密賣」的情形或許不少見。

　　透過前述，已能看到日治時期臺灣竹枝詞到「新」竹枝詞的轉變。不過，自施士洁之後，「新竹枝」一名也漸被臺灣文人使用，以別於傳統臺灣竹枝詞。如賴和（1894-1943）有〈新竹枝歌〉四首之一：「一齣加冠故事新，揭開假面看來真。登場自是憑繩索，幕後牽抽另有人。」[31] 諷刺官場上的登場人物，即使表面風光，也不過是受到控制的傀儡。再如許柱珠（1882-1945）有〈戰時體制下花蓮港新竹枝詞皇民化運動〉三首之一：「正廳改善廢金身，安置大麻護四民。宗教翻新無徹底，如何信仰入精神。」[32] 強調皇民化要徹底，廢除漢人重視的金身神像，改為安置日本神道的祭祀用具「大麻」，透過宗教信仰的轉變，改造臺人的精神；又如王開運（1889-1969）〈臺灣新竹枝詞〉十三首寫

29　邱旭伶：《臺灣藝妲風華》，頁 37。
30　蔡啟運：〈臺中竹枝詞〉，收於臺灣文學館：《智慧型全臺詩知識庫》，參見：http://140.133.9.113/poem_info.html?11791-19080-483*761（瀏覽日期：2020 年 11 月 27 日）。
31　賴和：〈新竹枝歌〉，《臺灣新文學》第 1 卷第 6 號（1936 年 7 月），頁 88。
32　許柱珠：〈戰時體制下花蓮港新竹枝詞皇民化運動〉，收於施懿琳主編：《全臺詩》第 51 冊（臺南：臺灣文學館，2018），頁 499；《詩報》第 186 號第 19 版，1938 年 10 月 1 日，收於龍文出版社編輯部編：《詩報——日治時期臺灣傳統文學大成（1930-1944）》第 16 冊（臺北：龍文出版社，2007），無頁碼。

「日據時代」，[33] 其二：「國策年來鐵盡收，窗櫺剝落滿街頭。穿窬小盜沾沾喜，揖我開門遜一籌。」[34] 批評戰爭期日本向民間徵收金屬資源。賴和、許柱珠、王開運的「新竹枝詞」，在於以竹枝詞議論時政，尤其針對日本，與傳統臺灣竹枝詞略有不同，因此詩人特別加上「新」字。儘管清代臺灣竹枝詞也有采詩觀風的政教之用，但主要是在反映風土民情，較少直接批評時政。故賴和、許柱珠、王開運等人冠以「新」字在竹枝詞上，或許是為了區別傳統臺灣竹枝詞的緣故。此舉與施士洁特別標明「新」的用意相同，差別只在於賴和等人以「新竹枝」來批評時政，而施士洁以「新竹枝」開香奩之風。

　　然而，以「新竹枝詞」來批評時政者，數量不多，更常見的仍是遊戲、豔情一類的新竹枝詞。例如《臺灣日日新報》，1924 年 12 月 29 日刊登的〈新竹枝〉四首，其一「風俗久聞倡改良，婚姻六禮有成章。小姨送嫁當然事，大舅何來伴晚粧。」其四：「三朝拜罷阿家後，爭看新娘理鬢雲。婚禮果然除舊俗，探房大舅亦奇聞。」[35] 表面上看來是婚禮采風，可是實際閱讀後能發現這是描寫娼妓從良的婚禮，詩中充滿戲謔。「探房」是古代檢視新娘貞操的習俗，但娼妓賣身不可能守身如玉，因此最後才有「亦奇聞」的嘲弄之語。此外，這四首〈新竹枝〉是放在「諧著二則」一欄下，另一則是〈新詩經〉，四言詩中不斷重複「齷齪妓女」[36] 一詞，顯見作者是以〈新竹枝〉與〈新詩經〉戲寫妓女出嫁之事。循此，亦突顯「新竹枝詞」的遊戲特質。

　　基本上，文字風格與關懷面向的差異，使得同樣是關注青樓妓女，但清代臺灣竹枝詞仍是質樸傳統的風土敘事，到了日治時期卻成了別創新調的「新竹枝詞」。更有甚者，日治時期的臺灣竹枝詞不僅染上遊

33　此為王開運〈臺灣新竹枝詞〉十三首的自註。施懿琳主編：《全臺詩》第 52 冊（臺南：臺灣文學館，2018），頁 508。

34　施懿琳主編：《全臺詩》第 52 冊，頁 508。

35　〈新竹枝〉，《臺灣日日新報》第 4 版，1924 年 12 月 29 日。

36　同上註。

戲、豔情，有時還成為社交應酬的工具。之所以如此，除了前述擊缽吟的影響外，日治時期交通便利，加之報紙雜誌等印刷品的出版刊行，使得詩人間社交應酬更為普遍，無形中亦促使「竹枝詞」成為社交應酬的工具。如楊仲佐（1875-1968）〈春日雲卿女史來訪賦竹枝詞贈之〉十二首，第一首：「卿住稻江江上樓，好風吹下百花洲。百花相對應羞殺，天上嫦娥亦掉頭。」[37]點出雲卿女史的身分——大稻埕藝旦。藝旦到訪，楊仲佐特別寫「竹枝詞」送給她，讚美她花容月貌、姿態可愛。詩中有詩人的曖昧情意，但最後的轉折卻是「頻年獨宿網溪濱，重得真花養氣神。卻亦憐卿能解語，思量還是守吾真。」[38]決定繼續獨宿網溪別墅，婉拒了藝旦。這十二首詩的豔情與遊戲鮮明無比，可楊仲佐寫的是「竹枝詞」。凡此種種，可以看到日治時期的臺灣竹枝詞的確已經逸出清代臺灣竹枝詞的傳統，而有「新」的內容與功用——遊戲豔情與社交應酬。這樣的現象，到了 1930 年代依舊可見，特別是以通俗休閒趣味為主的小報——《三六九小報》、《風月》、《風月報》，同樣反映了竹枝詞的豔情與遊戲，凸顯臺灣竹枝詞的新變。

二、遊戲文章不可輕：1930 年代臺灣小報的竹枝詞

日治時期臺灣竹枝詞的新變，在小報中也有跡可尋。1930 年代，比較重要的小報有《三六九小報》、《風月》（後更名《風月報》、《南方》、《南方詩集》）。尤其是 1937 年 4 月因戰爭之故，《臺灣日日新報》漢文欄廢除後，《風月報》的存在更為重要。[39]《三六九小報》的主要

37　施懿琳主編：《全臺詩》第 27 冊（臺南：臺灣文學館，2013），頁 475。
38　楊仲佐：〈春日雲卿女史來訪賦竹枝詞贈之〉十二首之十二，收於同上註，頁476。
39　1937 年《臺灣日日新報》漢文欄廢除後，提供發表漢詩的重要刊物，除《風月報》外，尚有《詩報》。《詩報》為半月刊，發行時間為 1930 年至 1944 年。《詩報》與《風月報》刊登的詩作時有重複。《詩報》刊登的漢詩包羅萬象，紀錄了全

成員多為府城傳統文人，發行時間從 1930 年 9 月 9 日至 1935 年 9 月 6 日，與《風月》在時間上略有重疊。《風月》發行時間 1935 年 5 月 9 日至 1936 年 2 月 8 日，由大稻埕傳統文人組成「風月俱樂部」主導。《風月》停刊後，復以《風月報》為名，在 1937 年 7 月 20 日至 1941 年 6 月 15 日發行；之後為呼應國策，先後更名《南方》（1941 年 7 月 1 日 -1944 年 1 月 1 日）、《南方詩集》（1944 年 2 月 25 日 -1944 年 3 月 25 日）。

　　上述刊物中以《三六九小報》、《風月》、《風月報》等小報的漢詩最富豔色趣味，這固然與小報的發行本意與報導性質相符，但也可以看到文人不以在報上登載豔詩為不名譽之事。如謝雪漁（1871-1953）〈花詞百絕〉全為風花雪月之作，詩前序文自言：「放浪形骸，逍遙詩酒，經四十餘年於茲。所識吳姬越豔，燕瘦環肥，丰姿綽約，膩語纏綿，尚存胸次，如在目前。然而富貴貧賤，壽夭窮通，離合悲歡，死生輾轉，情狀紛紜，心情悱惻。爰搜塵跡，藉誌花緣。」[40] 顯見謝雪漁〈花詞百絕〉所記多是親身經歷，每一首花詞就是一位藝旦。前行研究觀察《三六九小報》已留意到「舊詩專欄有以竹枝詞的輯錄來呼應容色、女體的慾望書寫。」[41] 同樣的情況，在《風月》報系更為清楚，且數量更多。先看《風月》中「花事闌珊」的作者晴雨所言：

　　夫竹枝雅調，繼遺響於花經。蘭泣清芬，驅逸情於騷客。然而
　　作戲逢場，固無傷乎大雅。看馬走花，亦何害於世風。止渴望

臺各地詩社活動，而《風月報》屬小報，因搭配通俗文學與藝旦報導，刊登的漢詩數量遠不及《詩報》。此處觀察雖以小報為主，但如有重複刊登於他報者，將於註腳說明。

40　謝雪漁：〈花詞百絕〉，《風月報》第 48 號，第 12 版「詩壇」欄，1937 年 9 月 18 日，收於〔日〕河原功監修，風月俱樂部，南方雜誌社編輯：《風月報》第 2 冊（臺北：南天書局，2001），無頁碼。

41　參閱毛文芳：〈情慾、瑣屑與詼諧——《三六九小報》的書寫視界〉，《中央研究院近代史研究所集刊》第 46 期（2004 年 12 月），頁 182。

梅，假愛返成真愛。充飢畫餅，有情將似無情。花花世界，只
宜醉裡狂吟。渺渺情場，只恐床頭金盡。敲紅樓五夜之鐘，警
□被十年之夢，弄月吟風，仍是風流才子。評香摘豔，就勞月
旦諸公。42

晴雨特別簡介竹枝詞源於采風傳統，上溯《詩經》，並以「蘭沚清芬，
驅逸情於騷客」的香草意象，暗示傳統竹枝詞隱藏的詩騷傳統。但之後
隨即將竹枝詞拉往逢場作戲、花花世界，供風流才子吟風弄月、評香摘
豔等等，實則強調的已是臺灣「新竹枝詞」的豔色趣味。該欄之後述及
作者流連花叢的親身經歷，並介紹一位「美玉校書」，最後附上一詩：
「赤崁歸來太瘦身，飄零又是困風塵。棲鴉流水無情地，淚眼相看失意
人。」43 以七言絕句寫其孤苦飄零，憐惜美玉的身世。由於「花事闌珊」
一欄是先論竹枝詞源流，次述品妓心得並介紹一位美人，後贈一首七言
絕句。按照這樣的順序，則最後的七言絕句在作者眼中，無異是屬於竹
枝詞範疇，能歸入別創新調的「新竹枝詞」。

　　更有意思的是，晴雨在《風月》〈花事闌珊（一）〉說明竹枝詞的源
流與豔情新調後，此後的「花事闌珊」都不再提及竹枝詞的源流與意義
範疇，而是直接介紹一位名妓，最後再贈以一首詩，多數是七言絕句，
偶見七言律詩。直至《風月》第 43 號「花國豔影記」一欄，晴雨又重
複同樣的論調：「竊維竹枝雅調，繼遺響於葩經。蘭芷清芬，驅逸情於
騷客。作戲逢場，固無傷乎大雅。看馬走花，亦何害於世風。止渴望
梅，假愛返成真愛。充飢畫餅，有情將似無情……」44 前面幾行文字，

42　晴雨：〈花事闌珊（一）〉，《風月》第 18 號，第 4 版，1935 年 8 月 3 日，收於
　　〔日〕河原功監修，風月俱樂部，南方雜誌社編輯：《風月（第 1-44 期）》第 1 冊
　　（臺北：南天書局，2001），無頁碼。

43　晴雨：〈花事闌珊（一）〉，《風月》第 18 號，第 4 版，1935 年 8 月 3 日，收於
　　〔日〕河原功監修，風月俱樂部，南方雜誌社編輯：《風月（第 1-44 期）》第 1
　　冊，無頁碼。

44　晴雨：〈花國豔影記〉，《風月》第 43 號，第 4 版，1936 年 1 月 19 日，收於〔日〕

在《風月》第44號的「花國豔影記」仍然可見：「竊維竹枝雅調，繼遺響於葩經。……」[45]同樣介紹名妓，同樣都有七言絕句收尾。由此來看，晴雨在「花事闌珊」、「花國豔影記」所登載的七言絕句，應該都被作者視為是「竹枝詞」。[46]

　　這樣評論「竹枝雅調」的說法，在《風月》（1-44號）停刊，更名《風月報》重新登場後，第45號〈花事闌珊（一）〉的執筆者「梅鶴主人」，也有一段幾乎相同的文字，說明竹枝詞的源流與豔色新徑：「**夫竹枝雅調，繼遺響於花經。蘭沚清芬，趨逸情於騷客。然而作戲逢場，故無傷乎大雅。看馬走花，亦何害於世風。**且稻江為煙花勝地，風月名區，佳麗傳聲，冶遊特勝。楊柳樓中，環肥燕瘦。咖啡館裡，素口蠻腰。**止渴望梅，假愛返成真愛。充飢畫餅，有情將似無情。**」[47]這段文

河原功監修，風月俱樂部，南方雜誌社編輯：《風月（第1-44期）》第1冊，無頁碼。

45　晴雨：〈花國豔影記〉，《風月》第44號，第4版，1936年2月8日，收於〔日〕河原功監修，風月俱樂部，南方雜誌社編輯：《風月（第1-44期）》第1冊，無頁碼。

46　晴雨應為筆名，其真實身分不知。《風月》的「花事闌珊」一欄共見於第1、2、5、10、14、17、18、21、22、23、25、31、32、33、34、35、36、37、38、39、40、41、42號，雖不是每一號都有，但固定在第4版出現，每次都是介紹名妓並賦以詩歌。不過第1、2、5號的「花事闌珊」作者為林華（號夢梅）；第10、14、17、18、21、22、23、25、32、33、34、35、36、37、38、39、40、41、42號「花事闌珊」作者為晴雨；第31號「花事闌珊」作者為南村生。至於晴雨是否即為林華的筆名，從《風月》第44號第4版中同時見到晴雨的「花園豔影記」與林華的「芳叢小記」，可知兩人不是同一人。到了更名《風月報》後，第45、46號的「花事闌珊」作者為「梅鶴主人」，而第46號林華繼續撰寫「芳叢小記」介紹名妓，但沒有詩歌。「梅鶴主人」與「林華」同時見於第46號，則兩人也不是同一人。那麼，晴雨是否為梅鶴主人，目前證據不足，無法論定。林華在《風月報》第111、112、113、114、115號繼續撰寫「花事闌珊」，名妓介紹後都有詩歌，有時七言絕句，有時七言律詩，之後沒有「花事闌珊」一欄。但仍有其他作者撰寫相關的花柳報導，如吳醉仙：〈北里訪豔記（一）〉，《風月報》第122號，第11版，1941年1月19日，收於〔日〕河原功監修，風月俱樂部，南方雜誌社編輯：《風月報》第6冊，無頁碼。

47　梅鶴主人：〈花事闌珊（一）〉，《風月報》第45號，第15版，1937年7月20

字中，添加粗體者皆與晴雨〈花事闌珊（一）〉的文字相同，後面接續的仍是名妓介紹，文末賦以七言絕句。如此看來，這文末的七言絕句，對「梅鶴主人」而言一樣屬於「竹枝詞」範疇，也就是「新竹枝詞」。

　　類似的情況在《三六九小報》中的「花叢小記」也能看到。「花叢小記」是記述某位妓女的飄零身世，多數情況在文末會賦以七言絕句。賦以七言絕句的書寫模式，在早先的《三六九小報》未必都有，要到第14號（1930年10月23日）以後比較普遍，約九成以上的「花叢小記」都有七言絕句在後。不過，在《三六九小報》倒是未見「竹枝雅調」的論點，這樣公開表示將評豔的七言絕句與竹枝詞連結者，要到《風月》才正式出現。[48]

　　值得注意的是，在臺灣新竹枝詞雜入豔情的同時，竹枝詞的遊戲性也順勢產生。前文提到楊仲佐曾寫「竹枝詞」贈給藝旦，反映「竹枝詞」文體意義的轉變——竹枝詞不再只是反映風土民情，它可以用來社交應酬以之調笑。這樣的轉變，除了前述「竹枝雅調」的新竹枝詞外，林幼春（1880-1939）在《風月報》上發表的〈黃詩解體竹枝辭〉十一首，將竹枝詞作為遊戲與筆戰之用，也是明顯的例子。林幼春讀黃水沛（字春潮，1884-1959）寄贈的〈讀老秋噩夢寄詩〉，割取原本的七言古詩體裁而成七絕竹枝辭十一首。從林幼春詩前序文：「春潮有〈讀老秋噩夢卻寄〉之詩，其體為七言古詩。全篇二十二句，計一百五十四字。

日，收於〔日〕河原功監修，風月俱樂部，南方雜誌社編輯：《風月報》第2冊，無頁碼。
48　《風月報》有〈紅樓夢竹枝詞（上）〉，是稻香軒主看到合肥盧平溪〈紅樓夢竹枝詞百首〉甚為喜歡因而刊出。〈紅樓夢竹枝詞〉主要描摹男女情事，許多文字頗為香豔，如「香肩竝倚坐筠牀，軟語嬌羞唷玉郎。任是麝蘭薰透骨，乍如林子洞中香。」或「口滴櫻桃一點工，避人調笑唾殘絨。教郎細向唇邊看，新買胭脂紅不紅。」可見〈紅樓夢竹枝詞〉與小報遊戲豔情的性質一致，或許這才是獲得青睞的主因。參見《風月報》第105期3月號（下卷），第9、10版，1940年3月15日，收於〔日〕河原功監修，風月俱樂部，南方雜誌社編輯：《風月報》第5冊，無頁碼。

今割取其詩，以每二句為一題，成七絕十一首，計字適倍其數，本利相權，可謂不奢矣。」[49] 明顯的戲謔調侃，與臺灣風土完全無關。林幼春十一首竹枝辭每首都有註腳，從書寫模式來看，完全符合清代臺灣竹枝詞的書寫特色，顯見林幼春是有意模仿，十一首竹枝辭內容雖非風土、豔情，卻絕對是遊戲之作。

在看這組〈黃詩解體竹枝辭〉十一首之前，得先談這場林幼春與黃水沛的筆戰。黃水沛寫〈夢中吟寄老秋〉七言古詩一首給林幼春，林幼春回以〈噩夢答春潮〉七言古詩一首、〈黃詩摘句新樂府〉樂府十首。之後黃水沛又作〈讀老秋噩夢寄詩〉七言古詩一首、〈讀老秋新樂府以不新不古樂府應之〉樂府十首，引來林幼春〈黃詩解體竹枝辭〉十一首，最後黃水沛以〈黃詩解體竹枝辭題後〉樂府十首結束這場筆戰。[50] 兩人在《詩報》與《風月報》上的一來一往，雖多有戲謔，但也見認真。黃水沛的〈夢中吟寄老秋〉，並非尋常之夢，而是「羅浮夢」。據柳宗元（773-819）《龍城錄・趙師雄醉憩梅花下》所載：隋人趙師雄遷居羅浮山，一日因醉在松林酒肆旁休息。見一美人淡妝素服相迎，此時天已昏黑，兩人對飲談笑，不久又有一綠衣童子歌舞助興，趙師雄不知不覺睡去。醒來後，發現自己竟身在大梅花樹下，樹上有一翠羽鳥不停鳴叫，內心不覺悵然。[51] 黃水沛之詩意在言外，表示人生富貴如夢，不可

49　《風月報》第 84 期，第 18 版「詩壇」欄，1939 年 4 月 24 日，收於〔日〕河原功監修，風月俱樂部，南方雜誌社編輯：《風月報》第 4 冊，無頁碼。

50　黃水沛與林幼春的筆戰，先見《詩報》第 197-199 號，又見《風月報》第 82、83、84 期，「詩壇」欄。筆戰中尚有林幼春〈戲作息爭吟寄筑客並似春潮〉、〈解嘲吟〉，黃水沛〈息爭吟次韻酬老秋〉、〈解嘲吟次韻再酬老秋〉等詩。當時張純甫（1888-1941）曾試圖調停未果，林獻堂（1881-1956）也曾私下勸林幼春停戰。筆戰結束後不久，林幼春病逝。參見龍文出版社編輯部編：《詩報——日治時期臺灣傳統文學大成（1930-1944）》第 17 冊，無頁碼；〔日〕河原功監修，風月俱樂部，南方雜誌社編輯：《風月報》第 4 冊，無頁碼。

51　〔唐〕柳宗元撰，尹占華、韓文奇校注：《柳宗元集校注》第 10 冊（北京：中華書局，2013）頁 3419-3420。

久恃，應懷民胞物與的精神。林幼春則回以盧生的「黃粱一夢」與趙師雄的「羅浮夢」，同樣都是短促虛幻的富貴春夢，不如莊周夢蝶更富省思。之後論及臺島讀書風氣不盛，「……至今自負漢學者，試問何人通一經。二十四史束高閣，四部或未知其名。吾嘗念此內自省，無實何必張虛聲。因茲好友讀書子，以自磨礪加晶瑩。……」[52] 真真假假中，似嘲諷似嘆息，批評時人之餘，不忘自我督促。

以下，先看〈黃詩解體竹枝辭〉十一首之十一：

江夏風流見一斑，黃樓況占好溪山。旁人若問吾詩品，祇在林逋魏野間。（黃詩：「敬謝不敏爭閒吟，我非黃童君詩伯。」）[53]

林幼春與黃水沛一來一往多首詩後，林幼春以漢代黃香（68-122）讚美黃水沛的詩文風流及其所居「黃樓」之美，並以梅妻鶴子的宋人林逋（967-1028）自比，表達恬淡自潔與不問俗事之心。此詩頗有息戰意味，而黃水沛也回詩自謙：「黃香不可作，草堂隨附託。」[54] 似已休戰。但緊接著林幼春又寫〈再作黃詩摘字新竹枝二首〉，其一：「遊戲文章古有之，東方曼倩是吾師。憑君更莫商文價，一字三縑皇甫碑。（黃詩

52　林幼春：〈噩夢答春潮〉，收於施懿琳主編：《全臺詩》第 31 冊（臺南：臺灣文學館，2014），頁 573；《詩報》第 197 號，第 10 版，1939 年 3 月 18 日，收於龍文出版社編輯部編：《詩報──日治時期臺灣傳統文學大成（1930-1944）》第 17 冊，無頁碼；《風月報》第 82、83 期，第 33 版「詩壇」欄，1939 年 3 月 31 日，收於〔日〕河原功監修，風月俱樂部，南方雜誌社編輯：《風月報》第 4 冊，無頁碼。

53　風月報》第 84 期，第 18 版「詩壇」欄，1939 年 4 月 24 日，收於〔日〕河原功監修，風月俱樂部，南方雜誌社編輯：《風月報》第 4 冊，無頁碼；又見施懿琳主編：《全臺詩》第 31 冊，頁 577。

54　黃水沛：〈黃詩解體竹枝辭題後〉十首之十，見《詩報》第 199 號，第 7 版「詩壇」欄，1939 年 4 月 17 日，收於龍文出版社編輯部編：《詩報──日治時期臺灣傳統文學大成（1930-1944）》第 17 冊，無頁碼；《風月報》第 84 號，第 18 版「詩壇」欄，1939 年 4 月 24 日，收於〔日〕河原功監修，風月俱樂部，南方雜誌社編輯：《風月報》第 4 冊，無頁碼。

序：『游戲三昧，本無文化之價值之可言。』)」[55] 反駁黃水沛〈讀老秋新樂府以不新不古樂府應之〉所言：「自謂遊戲三昧，本無文藝價值可言。」[56] 林幼春以東方朔（西元前 154-93）的詼諧，為遊戲文章的意義辯解，以此暗示其〈黃詩解體竹枝辭〉、〈再作黃詩摘字新竹枝二首〉，乃至早先的〈黃詩摘句新樂府〉等詩，都不是尋常遊戲之作，而是遊戲中別有深意。由此，可以看到林幼春作「新竹枝辭」是有意為之，且其遊戲性質濃厚，早已逸出清代臺灣竹枝詞的風土書寫。更重要的是，林幼春明白宣示：所謂無意義、無價值，正好是遊戲詩歌的價值所在。至此，則日治時期臺灣竹枝詞的新變意義又更複雜深遠了。

三、「小詩」與「雄文」的辯證：臺灣新竹枝詞的新變意義

日治時期臺灣新竹枝詞的新變，主要在於從原有的風土擴展到遊戲與豔情。首先，就豔情的角度來說，臺灣竹枝詞雜入豔情似乎莫名所以，但若放置在香奩系譜的脈絡下來看，臺灣竹枝詞的新變恰好反映了香奩體的影響。前文提及第一位將臺灣竹枝詞標上「新」竹枝詞的施士洁，其本身就好寫香奩體，可謂箇中高手，[57] 也是施士洁早先便賦予香奩體「楚騷精神」、「香草美人」，提升香奩體的價值。[58] 而後以竹枝詞

55　《風月報》第 84 號，第 18 版「詩壇」欄，1939 年 4 月 24 日，收於〔日〕河原功監修，風月俱樂部，南方雜誌社編輯：《風月報》第 4 冊，無頁碼。

56　《風月報》第 82、83 期，第 35 版「詩壇」欄，1939 年 3 月 31 日，收於〔日〕河原功監修，風月俱樂部，南方雜誌社編輯：《風月報》第 4 冊；《詩報》第 198 號第 17 版，1939 年 4 月 1 日，收於龍文出版社編輯部編：《詩報——日治時期臺灣傳統文學大成（1930-1944）》第 17 冊，無頁碼。

57　連橫在《詩薈餘墨》：「少年作詩，多好香奩，稍長便即舍去。施耐公山長有艋津贈阿環七律三十首，滯雨尤雲，憐紅惜綠，置之疑雨集中，幾無以辨。及後自編詩集，棄而不存。然清詞麗句，傳遍句闌，可作曲中佳話。」反映施士洁確實是香奩體好手，名聲遠揚。參閱連橫：《雅堂文集》，《連雅堂先生全集》（南投：臺灣省文獻委員會，1992），頁 266。

58　如施士洁〈覽古〉：「韓偓集香奩，不必麗以則；孤忠世豈知？所願清君側。」又

書寫豔情的還有蔡啟運、趙鍾麒、陳錫金等人，這些詩人也都寫過香奩體。其中蔡啟運和趙鍾麒的整體詩風明顯傾向香奩，陳錫金的〈無題〉更是典型香奩體。至於連橫〈臺南竹枝詞〉十九首的香豔也不是偶一為之，詩集中諸多自述風流過往與贈妓的詩作，多見豔色趣味。在香奩風潮下，平時喜愛創作香奩體的詩人，自然會多關注藝旦的才貌、瞭解風月場所的盛衰，以之入詩，自然改變了臺灣竹枝詞原有的質樸風土。是以臺灣竹枝詞的新變，離不開香奩體的影響。

其次，從遊戲的角度來看，小報上「竹枝雅調」從《詩經》、《楚辭》轉向花花世界，看似無傷大雅，卻又更確定了臺灣竹枝詞岔出香豔新徑。隨著豔情流入竹枝詞之際，竹枝詞的遊戲性、社交性益發鮮明，而林幼春以竹枝辭筆戰黃水沛，使竹枝詞離風土民情越遠。再進一步說，當臺灣竹枝詞從「采詩觀風」擴展到香奩豔情，乃至成為遊戲、社交的文字載體，這一新變意義，其實還暗示著詩歌本質「風雅觀」的轉變──風雅詩教逐漸摻雜遊戲社交。換言之，當以質樸為本色的「臺灣竹枝詞」，開始朝豔情與遊戲的「新竹枝詞」擴展，則原有采詩傳統中內涵的風雅意涵已然逐步消解，轉被豔情、遊戲、社交悄悄滲透。弔詭的是，就在臺灣竹枝詞從「質樸風土」流向「豔色趣味」之際，看似被消解的風雅詩教卻又尾隨而至，似乎未曾消失。正如林幼春所言遊戲中別有深意，並非毫無意義。而林幼春的宣示，與 1930 年代的小報實有異曲同工之妙。

幸盦（王開運）在《三六九小報》創刊之初，寫下〈釋三六九小

如〈疊次韻答雁汀韻再答〉：「美人在何許，癡想古夷光。試誦莘田句，吟箋草自香。好色本國風，騷人性不減。所以屈靈均，字字芷蘭摘。草幽香可憐，香幽不可掇。……」還有〈復女弟子邱韻香書〉：「……他如韓偓『香奩』、徐摛『宮體』，而愛國忠君之念，寄託遙深；其用典尤匪夷所思矣。」上述言論，都是將香奩體與「楚騷精神」、「香草美人」連結。參閱施懿琳主編：《全臺詩》第 12 冊（臺南：臺灣文學館，2008），頁 5、359；施士洁：《後蘇龕合集》（南投：臺灣省文獻委員會，1993），頁 376-379。

報〉：「不言大報，而稱小報，何哉？曰無他。現我臺灣言論界，自三日刊新聞以外，或月刊，或旬刊，或週刊。諸大報社，到處林立，觀其內容，莫不議論堂皇，體裁冠冕。本報側身其間，初舉呱呱墜地之聲，陣容未整，語或不文……特以小標榜，而致力托意乎詼諧語中，諷刺于荒唐言外。」[59] 這樣寓諷刺於詼諧的作法，在《風月》報系亦是如此。《風月》第1號〈發刊詞〉：「惟夫風之為物也，其氣清；月之為物也，其色明。……一輪自滿，幾見當頭。笑談只可，世事疏慵。取用自如，襟期朗爽。封姨諷喻，素堪齒粲。」[60] 清楚說明藉小報的風月娛樂，進行諷喻之實。這樣的特點，從傳統文人的題詩上也能看到，如王少濤（1883-1948）的〈題風月報〉四首：

> 江上清風山上月，風常朗爽月常圓。悠然對此清心目，興致淋
> 漓寫大千。（其一）
> 自愛秋毫筆一枝，批風抹月托微詞。關懷都為匡王化，豈論雄
> 文與小詩。（其二）
> 遊戲文章不可輕，吟風弄月寄深情。長篇短句關家國，不為千
> 秋立世名。（其三）
> 等閒風月屬騷人，管領群芳北里春。綵筆繪聲兼繪影，呼之欲
> 出綺羅身。（其四）[61]

王少濤的〈題風月報〉四首，文字十分淺白，每一首都有「風」、「月」二字呼應題目〈題風月報〉。第一首藉清風夜月之美，表達風月中自有

59　《三六九小報》創刊號（1930年9月），收於三六九小報社編：《三六九小報》（臺北：成文出版社，1991），頁1。
60　《風月》第1號，第2版，1935年6月29日，收於〔日〕河原功監修，風月俱樂部，南方雜誌社編輯：《風月報》第1冊，無頁碼。
61　王少濤〈題風月報〉四首，《風月》第14號，第3版，「詞林」欄，1935年6月29日，收於〔日〕河原功監修，風月俱樂部，南方雜誌社編輯：《風月（第1-44期）》第1冊，無頁碼；施懿琳主編：《全臺詩》第35冊（臺南：臺灣文學館，2014），頁419。

大千世界。第二首接續前意，詩人以秋毫枝筆來批風抹月，托微詞寄寓深意，更直言：「關懷都為匡王化，豈論雄文與小詩。」隱含以「小」成「大」之意。第三首開宗明義便說：「遊戲文章不可輕，吟風弄月寄深情」，遊戲之中別有寄託，關乎家國，非為個人，至此，遊戲文章的言外深意昭然若揭。最後一首，又回歸到《風月》報本身的特質──通俗娛樂、遊戲豔情。《風月》中的藝旦豔影，評豔文字，乃至香奩詩作，都由傳統文人主導，足見「等閒風月屬騷人」，確實不假。王少濤的〈題風月報〉，清楚說明「小詩」也有「雄文」的壯志豪情。

　　走筆至此，關於臺灣竹枝詞的新變意義似乎已然清楚，那就是豔情中不忘志節，遊戲裡自有抵抗。可，矛盾的地方也在於此，如果沒有詩人的自我說明，「新竹枝詞」又如何能看見詩歌的言外之意？例如《風月》報裡所刊載的內容，凡是「竹枝雅調」之流多為香奩體，搭配藝旦豔照與評豔文字，完全是娛樂性質，很難看見王少濤所謂「關懷都為匡王化，豈論雄文與小詩」的微言大義。又如略天（黃水沛）的〈寄題風月報〉：「……如何蜂蝶過牆來，一味甘心奎府治。蓮出游泥是耶非，但得知詩妓已稀。護持風雅到勾欄，我願風和月常輝。」[62] 詩中提到的奎府治，是當時著名藝旦，因能詩，所以贏得「詩妓」美名。詩人說：「護持風雅到勾欄」，表面上以「風雅」來支撐「風月」，實則「風雅」幾已是「風流」與「遊戲」了。究竟吟風弄月是回歸風雅意在抵抗，還是遊戲豔情徒有風流？這個問題似乎得從 1930 年代詩歌內容與詩歌本身的存在意義來看。

　　從內容來說，小詩以風花雪月為主，很難看到言外之意。「竹枝雅調」將香奩體與竹枝詞並置而成「新竹枝詞」，如晴雨給藝旦「烏貓珠」

62　《風月》第 8 號，第 1 版，1935 年 6 月 6 日，收於〔日〕河原功監修，風月俱樂部，南方雜誌社編輯：《風月（第 1-44 期）》第 1 冊，無頁碼。此詩與黃水沛〈寄題風月報〉一詩文字雷同，推測略天應為黃水沛。參閱施懿琳主編：《全臺詩》第 48 冊（臺南：臺灣文學館，2017），頁 126。

的贈詩：「偶描春影看紅粧，媚眼迷離醉一場。多少王孫歸未得，美人芳草鎖柔腸。」[63] 雖有「美人」、「芳草」的字眼，卻不是香草美人之思，純粹只是描述名妓之美，使許多公子流連忘返。這類竹枝雅調的新竹枝詞，在 1937 年復刊的《風月報》中依舊能看到。此類詩作內容往往沒有深意，其意義反而得從詩歌本身的存在來看，特別是在 1937 年 4 月 1 日廢除漢文欄之後。前行研究已關注到《三六九小報》的遊戲、情慾、通俗等特質，反映了臺灣 1930 年代的現代性。[64] 日治時期臺灣新竹枝詞的豔情化、遊戲化，乃至小報上那些充滿豔色趣味、看似無價值的漢詩，雖遠離傳統詩教又脫離時事，可是在 1937 年漢文欄被廢以後的戰爭時期，漢詩存在的本身又代表了漢文化的延續，呼應了王少濤「小詩」與「雄文」的辯證意義。這樣的意義，如再以謝尊五（1872-1954）〈祝風月報中興〉為例亦能看出：

> 江筆詞華豔，篇篇盡陸離。雅風維不墜，文獻考能追。下阪圓機活，中流砥柱支。重興有今日，磐石固鴻基。[65]

此詩刊於 1937 年 9 月 2 日，當時漢文欄早已廢除。謝尊五以「江筆詞華豔」，點出《風月報》富有豔色趣味的特質，又以美玉來形容這些華豔詞章。接著更說「雅風維不墜，文獻考能追」，賦予《風月報》價值與功用，而這其實就是傳統文人一直強調的維護漢文化於不墜。因此謝尊五認為《風月報》實乃中流砥柱，其詼諧、通俗、豔色等特色更是一種圓通機變。最後的「重興有今日，磐石固鴻基」，清楚說明了《風月

63　《風月》第 43 號，第 4 版，〈花國豔影記〉，1936 年 1 月 19 日，收於〔日〕河原功監修，風月俱樂部，南方雜誌社編輯：《風月（第 1-44 期）》第 1 冊，無頁碼。

64　毛文芳觀察《三六九小報》的書寫視界，認為小報的情慾、瑣屑與詼諧「是歪打正著地見證了臺灣 1930 年代的現代性。」參閱毛文芳：〈情慾、瑣屑與詼諧──《三六九小報》的書寫視界〉，頁 216。

65　施懿琳主編：《全臺詩》第 25 冊（臺南：臺灣文學館，2012），頁 547。《風月報》第 47 號，第 16 版「詩壇」欄，1937 年 9 月 2 日，收於〔日〕河原功監修，風月俱樂部，南方雜誌社編輯：《風月報》第 2 冊，無頁碼。

報》的意義。事實上，《風月報》的內容很少正經八百的文章，多為風花雪月之作，但臺灣文人卻總是以正面的態度看待，在在反映「小」與「大」之辯。

　　當然，必須補充說明的是，儘管「小詩」有辯證「雄文」之用，但並非每一首「小詩」都能呼應抵殖民的精神。透過前述能看到小報上的新竹枝詞多半沒有深意，其餘如《詩報》的部分漢詩還呼應了日本官方國策、歌頌皇軍英勇作戰，這些也都存在日治臺灣的漢詩壇。然而，如果認為臺灣新竹枝詞充斥遊戲豔情，而以為是無用之作，容易忽略傳統文人以遊戲姿態維護漢文化的苦心。不過，反面來說，若無文人主動現身說法表達遊戲的意義何在，那麼以遊戲豔情作為延續漢文化的手段，似乎又成了一種美化說辭。這中間的矛盾與糾葛，實際正是新竹枝詞辯證意義的弔詭之處。因此看待臺灣新竹枝詞的意義，既不能漠視確實有純為遊戲豔情的存在，但也不能忽略以「無意義」作為反傳統、抵殖民的精神。至於林幼春、黃水沛的「新竹枝辭」，亦當如是觀。林、黃二人的「新竹枝辭」雖然沒有豔情與娛樂，但遊戲性質的文人之爭卻十分鮮明，且同樣在遊戲中呼籲「新竹枝辭」的本身不僅僅是遊戲。如果日治時期臺灣新竹枝詞表面上的豔情、娛樂、遊戲，都不是表面的意義而已，那麼「新竹枝詞」如此矛盾的表現手法，乃至「新竹枝詞」本身無意義的存在，剛好說明了「新竹枝詞」意義的所在。

四、小結：臺灣香奩體與漢詩現代性

　　如果要為日治時期臺灣竹枝詞的新變畫出一個起點，或許可以從施士洁的〈臺江新竹枝詞〉開始看起。〈臺江新竹枝詞〉雖不是寫臺灣，但詩人筆下的尋歡作樂，在在連結乙未世變之痛，尤其當施士洁自覺地以「新」作為一個標誌，正好說明在這位臺灣文人的眼中，豔情與遊戲就是「新竹枝詞」新之所以為新的一個重要特質。從日治時期臺灣竹枝詞的新變歷程來看，新竹枝詞的出現是香奩風潮之下的具體影響，這個

影響在 1910 年櫟社的宿題〈臺中竹枝詞〉也能看到。儘管〈臺中竹枝詞〉沒有主動賦予一個「新」字，也不是所有與會詩人都寫出帶有豔色趣味的竹枝詞，但還是能見到香奩體影響竹枝詞的痕跡，可見豔情與遊戲的滲透確實為臺灣竹枝詞開出新徑。

　　隨著竹枝詞從風土逐漸擴展到豔情與遊戲，甚至變成社交工具，能知日治時期的臺灣竹枝詞確實已經逸出清代臺灣竹枝詞的傳統。不管是施士洁的〈臺江新竹枝詞〉、櫟社〈臺中竹枝詞〉，還是楊仲佐贈與藝旦的竹枝詞，或是林幼春、黃水沛筆戰的「新竹枝辭」，乃至小報上的「竹枝雅調」，在在反映日治時期的臺灣竹枝詞的確有新的內容與功用出現。

　　細看《三六九小報》、《風月》、《風月報》刊登的漢詩，竹枝詞赫然在列，但這時的竹枝詞搭配雜誌的花叢小記、藝旦寫真等花柳報導，遊戲與豔情的性質更為濃厚，已是「新竹枝詞」。這類「竹枝雅調」的新竹枝詞，其豔色趣味雖與清代臺灣竹枝詞的風土質樸大異其趣，但臺灣新竹枝詞其實頗能呼應 1930 年代小報的現代性特質。臺灣新竹枝詞的特點，在於「小詩」的遊戲性質，看似不登大雅之堂，通篇的豔情、娛樂，不復清代臺灣竹枝詞的質樸本色，更沒有采詩觀風上溯風雅詩教的政治意涵，儼然處在非主流的文學邊緣上，但臺灣文人依舊強調詩外別有寄託，遊戲不忘抵抗。於是，日治時期臺灣竹枝詞的新變意義，便透過這樣非主流的姿態及含糊不清的特徵，傳達反傳統、去中心、抵殖民的意義。至此，臺灣新竹枝詞的遊戲、通俗、娛樂、反諷，莫不是漢詩見證現代性的最佳說明。

第六章
結論

　　臺灣香奩體的發展從清末同光時期開始，到日治時期大盛，直至戰後才漸漸衰竭。衰竭的原因，與戰後政權改變、大量外省文人來臺，臺灣古典詩面臨文學新秩序的重整有關。香奩體影響臺灣詩壇如此久，但它的出現，實是清末到日治臺灣社會與時代思潮的文學產物。

　　綜觀本書所探討的臺灣香奩體，能看到香奩體最早出現於清代乾嘉時期的章甫，道咸時期雖可見陳肇興、施瓊芳、林占梅等人的綺豔詩作，但數量甚少，也不是詩人們的主要風格。是以臺灣香奩體的興起，要從清末同光時期開始。隨著同光時期擊缽吟的傳入，文人雅集與詩社活動逐漸從閒詠、課題，走向鬥詩競賽，加上藝旦賦詩侑觴，增添遊戲趣味之餘，也多了一抹豔色。乙未割臺後，臺灣文人大量標舉「風雅論」，特別是施士洁公開賦予香奩體「楚騷精神」、「香草美人」的意義，大大提升香奩體的價值。可以說，臺灣香奩體的深層意義——「楚騷精神」、「香草美人」，是受乙未之痛激發出來，用以呼應「風雅詩教」的政治意涵，作為一種精神抵抗。於是，臺灣香奩體上溯《詩經》、《楚辭》，形成「《詩經》、《楚辭》→《玉臺新詠》→李商隱詩→《疑雨集》與《香草箋》」的詩歌系譜，影響日治時期臺灣文人的詩歌觀。當書寫香奩體成為一種「回歸風雅、再現風騷」的手段時，則臺灣香奩體的認識論已與風雅論緊緊相連。

　　香奩體能成為清末到日治的文學風潮，與香草美人的文學傳統息息相關。特別是在經歷乙未世變之後，詩人屢在豔情之外，藉「香草美人」反映「傷時寄託」的理想美學，因而形成一股華美詩風。不論這樣

的詩歌美學是否流於男女豔情以致隱而未顯，但透過香奩體的脈絡觀察，確實能發現華美詩風的追尋背後，投射出臺灣文人對理想人格與詩歌的美學追求。

華美詩風的出現，與擊缽吟的興起、香奩體的流行息息相關。然而，必須客觀地說，乙未之前的香奩體往往流於遊戲、豔情與社交。華美文字的背後，很少看見真正的「香草美人」，也幾乎沒有「傷時寄託」，比較像是一種對於文學美的耽溺。但，不論是時人或後人，提及清末臺灣詩壇的詩酒風流，如唐景崧的牡丹吟社與《詩畸》，幾乎都是正面肯定。對於與擊缽吟結合的香奩體，也同樣視為暗藏志節，不以風花雪月泛泛看待。至此，同光以來臺灣香奩體的詩歌美學與時代意義也就此顯現，它既是臺灣詩歌韻事之始，又能在綺豔文字中抒發忠憤別有寄託。而乙未割臺之後，「楚騷精神」與「香草美人」在香奩體的痕跡更為具體，無疑又延續了這份時代意義，也延續了華美詩風的追求。

從「香草美人」的視角出發觀察臺灣香奩體，自然不能忽略日治時期臺灣詩論中最重要的「風雅論」。日治初期臺灣文人對香奩體的認識偏重在香草美人之思，企圖以回歸風雅、再現風騷，迂迴展現抵抗精神。這當中最著名的代表詩人便是洪棄生。洪棄生以風雅論詩，也以風雅看待香奩體，其香奩體見證了詩人的遺民姿態與風騷精神。只不過，隨著香奩體蔚為風潮，香奩體背後的「楚騷精神」、「香草美人」也發生質變。當香奩體逐漸走向遊戲與豔情，成為通俗，甚至是媚俗的豔情詩，此時香奩體中的風雅詩教、風騷精神逐漸瓦解，「風雅」成為了「風流高雅」的詩人形象，以及「風流社交」的文學產物。一如連橫儘管強調風雅詩教，也不斷召喚香草美人作為香奩體的精神感召，可是他筆下的美人卻離理想、政治越來越遠，風騷精神看似清楚卻又模糊。從洪棄生香奩體的建構風雅，到連橫香奩體的解構風雅，可以看到臺灣香奩體發展往風流社交、遊戲豔情的方向走去，甚至影響了臺灣竹枝詞的發展。

臺灣竹枝詞在清代便是一個非常重要的主題，不論宦遊或本土文

人都關注過竹枝詞，特別是宦遊文人書寫竹枝詞一直延續著「采詩觀風」的傳統。竹枝詞除了滿足清帝國對臺灣的好奇與提供施政參考外，從郁永河、孫元衡奠定下來的書寫模式——組詩聯詠、詩中有註、詩前序文、長篇詩題，也構成了臺灣古典詩的特色，連帶影響臺灣文人的書寫習慣。到了日治時期，第一位有意識寫下「新竹枝詞」的詩人是施士洁，此時采詩觀風的竹枝詞依然存在，但部分竹枝詞已開始雜染豔情，甚至成為社交應酬的工具，不同於過往的風土質樸。從「竹枝詞」到「新竹枝詞」，其中最大的差異就在「遊戲」與「豔情」，而新竹枝詞的意義，也是在「遊戲」與「豔情」意外豁顯，那就是豔情中不忘志節，遊戲裡自有抵抗。儘管「新竹枝詞」在遊戲文字的包裝下，看起來似乎沒有意義，但在臺灣文人的自我說明下，能見「小詩」承載了「雄文」之義。由此來看，日治時期臺灣新竹枝詞表面上看似無意義的存在，剛好反映了「新竹枝詞」意義的所在。

　　整體而言，臺灣香奩體背後總有香草美人、風騷精神作為抵抗殖民的精神支撐，但隨著香奩體成為一股文學風潮，影響所致，也改變了臺灣文人的風雅觀。「風雅詩教」流向「風流社交」的過程為何，從竹枝詞的新變實能一窺端倪，特別是在臺灣香奩體系譜初步建構起來後，臺灣的新竹枝詞提供了新的觀察面向。1930年之後，香奩體的遊戲性、娛樂性更為明顯，而早期的香草美人之思也越來越淡薄。當香奩體逐漸走向純然的豔情詩時，詩歌原有的高雅文化逐漸被稀釋淡化，甚至走出菁英階層，詩歌的通俗，乃至媚俗成為鮮明特徵，也是在此刻，脫傳統、解中心的現代性清楚浮現。到此，不難發現臺灣新竹枝詞的新變——豔情與娛樂，正是漢詩見證現代性的最佳說明。

　　透過前述，能看到本書所觀察的臺灣香奩體，已回應本書導論所提到的幾個問題：「香奩體為何流行？如何流行？流行的結果為臺灣詩壇帶來怎樣的影響？又反映出怎樣的時代精神與審美取向？」以此拓展臺灣香奩體在遊戲與豔情之外的意義。事實上，關於「臺灣香奩體究竟有沒有意義？」日治時期新舊文學家爭論過，傳統文人也批評過、企圖改

革過，但都不能改變這股文學風潮。香奩體意義的有無，乃至意義的輕重，在當時彷彿是各說各話，沒有答案。今日，重新來看臺灣香奩體，不僅它的意義已然清楚可見，就連遊戲與豔情的本身，也成為意義的一環。要言之，藉由本書的研究，可以看到臺灣古典詩有許多的面貌，而香奩體正是其中不容忽視的一面，值得重視。

參考文獻

一、傳統文獻

〔漢〕毛亨傳，鄭玄箋，〔唐〕孔穎達疏：《詩經注疏》，臺北：藝文印書館，1979。

〔漢〕王逸：《楚辭章句》，臺北：藝文印書館，1967。

〔唐〕劉禹錫：《劉賓客文集》，臺北：中華書局，1966。

〔唐〕李白著，瞿蛻園等校注：《李白集校注》，臺北：里仁書局，1981。

〔唐〕李商隱著，〔清〕馮浩箋注：《玉谿生詩集箋注》，臺北：里仁書局，1981。

〔唐〕錢起著，阮廷瑜校注：《錢起詩集校注》，臺北：新文豐出版，1996。

〔宋〕李昉等編：《文苑英華》，臺北：新文豐出版公司，1999。

〔宋〕洪興祖，《楚辭補注》，臺北：大安出版社，1995。

〔宋〕嚴羽著、郭紹虞校釋：《滄浪詩話校釋》，臺北：里仁書局，1987。

〔清〕董誥等奉敕纂修：《欽定全唐文》，臺北：華文書局出版，1965。

〔清〕黃莘田：《香草箋偶註》，臺北：新文豐出版公司，1970。

〔清〕袁枚：《隨園詩話》，臺北：漢京文化公司，1984。

〔清〕袁枚著，周本淳標校：《小倉山房詩文集》，上海：上海古籍出版社，1988。

中華書局編輯部點校：《全唐詩》（增訂本），北京：中華書局，2011。

王松：《臺陽詩話》，南投：臺灣省文獻委員會，1994。

吳德功著、江寶釵校註：《瑞桃齋詩話校註》，高雄：麗文文化，2009。

李漁叔；《三臺詩傳》，臺北：學海出版社，1976。

屈萬里著：《詩經詮釋》，臺北：聯經出版社，2011。

林朝崧；《無悶草堂詩存》，臺北：龍文，1992。

林正三、李知灝、吳東晟輯錄：《臺灣近百年詩話輯》（王松《臺陽詩話》、許天奎《鐵峰詩話》、李漁叔《三臺詩傳》），臺北：文史哲出版社，2006。

邱秀堂編：《鯤海粹編》，臺北：中華民國臺灣史蹟研究中心，1980。

施士洁：《後蘇龕合集》，臺北：龍文出版社，1992；南投：臺灣省文獻委員會，1993。

施士洁著，陳香鈔註：《施芸況詩鈔》，臺北：臺灣商務印書館，1996。

施士洁：〈後蘇龕泉廈日記〉，《臺南文化》第8卷2期（1965.6.15），頁68-92。

施懿琳主編：《全臺詩》第1至62冊，臺南：國家臺灣文學館，2004～2020。

洪棄生著，胥端甫編：《洪棄生先生遺書》，臺北：成文出版社，1970。

洪棄生：《洪棄生先生全集》全7冊，南投：臺灣省文獻委員會編印，1993。（《寄鶴齋詩集》、《寄鶴齋古文集》、《寄鶴齋駢文集》、《寄鶴齋詩話》、《八州遊記》、《八州詩草》、《瀛海偕亡記、中西戰紀、中東戰紀、時勢三字論》）。

洪棄生：《寄鶴齋選集》，臺北：大通書局，1972。

唐景崧編：《詩畸》，收入《臺灣先賢集》第5冊，臺北：中華書局，1971。

逯欽立輯校：《先秦漢魏晉南北朝詩》，臺北：木鐸出版社，1983。

連橫：《劍花室詩集》，臺北：財團法人林公熊徵學田印行，1954。

連橫：《劍花室詩集》，臺灣文獻叢刊第94種，臺北：臺灣銀行，1960。

連橫：《連雅堂先生全集》（包含《臺灣通史》上中下、《雅堂文集》、《臺灣詩乘》、《劍花室詩集》、《雅堂先生餘集》、《雅堂先生集外集‧臺灣詩薈雜文鈔》、《雅堂先生家書》、《雅堂先生年譜》、《雅堂先生相關論著選輯》上下、《臺灣詩薈》上下），南投：臺灣省文獻委員會，1992。

連橫著，江寶釵校注：《雅堂詩話校注》，高雄：麗文文化，2011。

黃美娥編：《魏清德全集》，臺南：國立臺灣文學館，2013。

黃純青：《先發部隊》第1號，1934年7月。

傅錫祺：《櫟社沿革志略》，臺中：博文社，1931。

郭紹虞輯：《清詩話續編》，臺北：木鐸出版社，1985。

張寅彭主編：《清詩話三編》，上海：上海古籍出版社，2015。

張作梅編訂：《詩鐘集粹六種》，臺北：中華詩苑，1957。

曾笑雲編：《東寧擊缽吟前集》，呂興昌審訂、黃哲永主編，《臺灣先賢詩文集彙刊》第 5 輯，臺北：龍文出版社，2006。

曾笑雲編：《東寧擊缽吟後集》，呂興昌審訂、黃哲永主編，《臺灣先賢詩文集彙刊》第 5 輯，臺北：龍文出版社，2006。

詹雅能編：《竹梅吟社與《竹梅吟社詩鈔》》，新竹：新竹文化局，2011。

蔡汝修編：《臺海擊缽吟集》，呂興昌審訂、黃哲永主編，《臺灣先賢詩文集彙刊》第 5 輯，臺北：龍文出版社，2006。

《風月》第 1 ～ 44 號，臺北：南天出版社復刻，2001 年 6 月。

《風月報》第 45 ～ 132 期，臺北：南天出版社復刻，2001 年 6 月。

《詩報：日治時期臺灣傳統文學大成 (1930-1944)》，臺北：龍文出版社復刻，2007。

《智慧型全臺詩知識庫》，國立臺灣文學館。

《臺灣日記知識庫》，中央研究院臺灣史研究所。

《臺灣文獻叢刊》資料庫，中央研究院臺灣史研究所。

《臺灣文獻匯刊》資料庫，漢珍數位圖書股份有限公司。

《臺灣日日新報》資料庫，漢珍數位圖書股份有限公司。

《漢文臺灣日日新報》資料庫，漢珍數位圖書股份有限公司。

二、近人論著

（一）專著

王德威：《被壓抑的現代性——晚清小說新論》，臺北：麥田出版社，2003。

王德威：《後遺民寫作》，臺北：麥田出版社，2007。

方瑜：《中晚唐三家詩析論》臺北：牧童出版社，1975。

毛文芳：《物・性別・觀看——明末清初文化書寫新探》，臺北：學生書局，2001。

田曉菲：《烽火與流星：蕭梁王朝的文學與文化》，新竹：國立清華大學出版社，2009。

江寶釵：《臺灣古典詩面面觀》，臺北：巨流圖書公司，1999。

江寶釵：《連橫文學研究：傳統性、現代性與殖民性的邅接與調適》，臺北：台灣學生書局，2019。

宇文所安：《晚唐：九世紀中葉的中國詩歌（827-860）》，北京：三聯書店，2014。

汪毅夫：《臺灣近代詩人在福建》，臺北：幼獅出版社，1998。

余恕誠：《唐詩風貌及其文化底蘊》，臺北：文津出版社，1999。

余美玲：《日治時期台灣遺民詩的多重視野》，臺北：文津出版社，2008。

余育婷：《想像的系譜：清代臺灣古典詩歌知識論的建構》，新北：稻鄉出
　　版社，2012。

吳毓琪：《南社研究》，臺南：臺南市立文化中心，1999。

吳旻旻：《香草美人文學傳統》，臺北：里仁書局，2006。

吳宏一：《清代詩學初探》，臺北：臺灣學生書局，1986。

呂正惠、蔡英俊主編：《中國文學批評》第 1 集，臺北：臺灣學生書局，
　　1992。

東華大學中文系編：《文學研究的新進路——傳播與接受》，臺北：洪業文
　　化事業有限公司，2004。

金元浦：《接受反應文論》，山東：山東教育出版社，2002。

東海大學中國文學系編：《日治時期臺灣傳統文學論文集》，臺北：文津出
　　版社，2000。

林文月：《青山青史——連雅堂傳》，臺北：有鹿文化，2010。

林淑慧：《旅人心境：臺灣日治時期漢文旅遊書寫》，臺北：萬卷樓，2014。

林淑慧：《再現文化：臺灣近現代移動意象與論述》，臺北：萬卷樓，2017。

邱旭伶：《臺灣藝姐風華》，臺北：玉山社，1999。

周婉窈：《臺灣歷史圖說（史前至 1945 年）》，臺北：聯經出版社，2008 二
　　版。

洪郁如著，吳佩珍、吳亦昕譯：《近代台灣女性史：日治時期新女性的誕
　　生》，臺北：臺大出版中心，2017。

若林正丈，吳密察主編：《臺灣重層近代化論文集》，臺北：播種者文化，
　　2000。

施懿琳：《從沈光文到賴和——臺灣古典文學的發展與特色》，高雄：春暉
　　出版社，2000。

柯慶明：《中國文學的美感》，臺北：麥田出版社，2000。

高宣揚：《後現代論》，臺北：五南圖書出版有限公司，1999。

翁聖峰：《清代臺灣竹枝詞研究》，臺北：文津出版社，1996。

翁聖峰：《日據時期臺灣新舊文學論爭新探》，臺北：五南圖書公司，2007。

高嘉謙：《遺民、疆界與現代性：漢詩的南方離散與抒情》，臺北：麥田出

版社，2016。

黃武忠編：《美人心事》，臺北：號角出版社，1987。

黃美娥：《重層現代性鏡像：日治時代臺灣傳統文人的文化視域與文學想像》，臺北：麥田出版社，2004。

黃美娥：《古典臺灣：文學史、詩社、作家論》，臺北：國立編譯館出版，2007。

黃美玲：《連雅堂文學研究》，臺北：文津出版社，2000。

黃乃江：《臺灣詩鐘研究》，上海：復旦大學出版社，2009。

陳昭瑛：《臺灣儒學：起源、發展與轉化》，臺北：臺大出版中心，2008。

陳昭瑛：《儒家美學與經典詮釋》，上海：華東師範大學出版社，2009。

陳昌明：《緣情文學觀》，臺北：臺灣書店，1999。

陳香：《臺灣竹枝詞選集》，臺北：臺灣商務印書館，1983 年。

陳瑋芬：《近代日本漢學的「關鍵詞」研究：儒學及相關概念的嬗變》，上海：華東師範大學出版社，2007。

陳東榮，陳長房編：《典律與文學教學》，臺北：書林出版有限公司，1995。

陳光瑩：《臺灣古典詩家洪棄生》，臺中：晨星出版公司，2009。

陳惠雯：《大稻埕查某人地圖——大稻埕婦女的活動空間／近百年來的變遷》，新北：博揚，1999。

程玉凰：《嶙峋志節一書生——洪棄生及其作品考述》，臺北：國史館，1997。

程玉凰：《洪棄生傳》，南投：臺灣省文獻委員會，1998。

高友工：《中國美典與文學研究論集》，臺北：國立臺灣大學出版中心，2004。

孫康宜：《文學的聲音》，臺北：三民書局，2001。

袁行霈：《中國詩歌藝術研究》，北京：北京大學出版社，2009。

康正果：《風騷與豔情：中國古典詩詞的女性研究》，新北：雲龍出版社，1991。

張高評：《印刷傳媒與宋詩特色——兼論圖書傳播與詩分唐宋》，臺北：里仁書局，2008。

張健：《明清文學批評》，臺北：國家出版社，1983。

張健：《清代詩話研究》，臺北：五南圖書出版公司，1993。

張健：《清代詩學研究》，北京：北京大學出版社，1999。

張靜茹：《上海現代性‧臺灣傳統文人——文化夢的追尋與幻滅》，新北：稻鄉出版社，2006。

郭紹虞：《中國詩的神韻、格調及性靈說》，臺北：莊嚴書局，1982。

詹雅能：《竹梅吟社與《竹梅吟社詩鈔》》，新竹：新竹文化局，2011。

葉嘉瑩：《迦陵論詞叢稿》，臺北：明文，1982。

廖振富：《櫟社研究新論》，臺北：國立編譯館，2006。

廖振富：《臺灣古典文學的時代刻痕：從 清到二二八》，臺北：國立編譯館出版，2007。

廖振富：《以文學發聲——走過時代轉折的臺灣前輩文人》，臺北：玉山社，2017。

鄭毓瑜：《引譬連類：文學研究的關鍵詞》，臺北：聯經出版公司，2012。

鄭毓瑜：《姿與言：詩國革命新論》，臺北：麥田出版社，2017。

蔡英俊：《比興物色與情景交融》，臺北：大安出版社，1995。

蔡英俊：《中國古典詩論中「語言」與「意義」的論題——「意在言外」的用言方式與「含蓄」的美典》，臺北：臺灣學生書局，2001。

蔡瑜：《唐詩學探索》，臺北：里仁書局，1998。

蔡柏盈：《中晚唐綺豔詩中的「豔色」與「抒情」》，新北：花木蘭文化出版社，2010。

龍協濤：《讀者反應理論》，臺北：揚智文化事業股份有限公司，1997。

顏崑陽：《李商隱詩箋釋方法論》，臺北：臺灣學生書局，1991。

顏崑陽：《反思批判與轉向：中國古典文學研究之路》，臺北：允晨文化，2016。

顏崑陽：《詩比興系論》，臺北：聯經出版社，2017。

劉豔萍：《中晚唐豔體詩歌研究》，鄭州：河南大學出版社，2011。

嚴明：《中國詩學與明清詩話》，臺北：文津出版社，2003。

（美）劉若愚著，杜國清譯：《中國文學理論》，南京：江蘇教育出版社，2006。

H‧R‧姚斯、R‧C‧霍拉勃著，周寧、金元浦譯：《接受美學與接受理論》，瀋陽：遼寧人民出版社，1987。

Jacques Derrida 著，張寧譯：《書寫與差異》，臺北：麥田出版社，2015。

Matei Calinescu 著，顧愛彬、李瑞華譯：《現代性的五副面孔：現代主義、先鋒派、頹廢、媚俗藝術、後現代主義》，北京：商務印書館，2002。

Michel Foucault 著，王德威譯：《知識的考掘》，臺北：麥田出版社，1994。

Patrice Bonnewitz 著，孫智綺譯《布赫迪厄社會學的第一課》，臺北：麥田出版社，2002。

Pierre Bourdieu、Loic Wacquant 著，李猛、李康譯，《布赫迪厄社會學面面觀》，臺北：麥田出版社，2008。

Terry Eagleton 著，吳新發譯：《當代文學理論》，臺北：書林，1993。

（二）學位論文

向麗頻：《施士洁及其《後蘇龕合集》研究》，臺中：東海大學中文所博士論文，2007。

吳東晟：《洪棄生《寄鶴齋詩話》研究》，臺南：成功大學臺灣文學研究所碩士論文，2004。

李知灝：《吳德功《瑞桃齋詩話》研究》，嘉義：中正大學中國文學研究所碩士論文，2003。

李宜學：《李商隱詩接受史重探》，新竹：清華大學中文系博士論文，2009。

李毓嵐：《世變與時變——日治時期臺灣傳統文人的肆應》，臺北：臺灣師範大學歷史學系博士論文，2008。

施懿琳：《清代臺灣詩所反映的漢人社會》，臺北：師範大學國文所博士論文，1991。

許雯琪：《洪棄生《寄鶴齋詩話研究》》，臺中：逢甲大學中文所碩士論文，2003。

陳怡如：《回歸風雅傳統——洪棄生《寄鶴齋詩話》研究》，臺北：輔仁大學中國文學研究所碩士論文，2005。

陳淑美：《施士洁及其《後蘇龕合集》》，臺北：政治大學中國文學系國文教學碩士班碩士論文，2007。

陳稚柔：《日治時期藝旦書寫——以《三六九小報》為研究場域》，高雄：高雄師範大學臺灣歷史文化及語言研究所碩士論文，2014。

張美鳳：《「風雅想像」的權力意涵：日治時期藝旦文化之分析》，宜蘭：佛光人文社會學院社會學系碩士論文，2005。

謝崇耀：《日治時期臺灣詩話比較研究》，彰化：彰化師大學國文研究所碩士論文，2005。

（三）單篇論文

毛文芳：〈情慾、瑣屑與詼諧──《三六九小報》的書寫視界〉，《中央研究院近代史研究所專刊》第 46 期（2004.12），頁 159-222。

向麗頻：〈唐景崧《詩畸》研究〉，《東海大學文學院學報》第 47 卷（2006.7），頁 117-154。

向麗頻：〈「三六九小報」「花叢小記」所呈現的臺灣藝旦風情〉，《中國文化月刊》第 261 期（2001），頁 48-76。

向麗頻：〈施士洁〈臺江新竹枝詞〉探析〉，《東海大學文學院學報》第 44 卷（2003.7），頁 204-221。

朱德蘭：〈日治時期臺灣花柳業問題（1895-1945）〉《國立中央大學人文學報》第 27 期（2003.6），頁 99-174。

江寶釵：〈日治時期臺灣藝旦的教育書寫及其文化視野──以「《三六九小報》花系列」為觀察場域〉，《中正大學中文學術年刊》第 6 期（2004.12），頁 29-63。

江寶釵：〈日治時期臺灣傳統文人對世務之肆應──以連橫的傳播事業為觀察核心〉，《成大中文學報》第 26 期（2009.10），頁 81-118。

江寶釵：〈向文化大傳統的回歸與變奏──連橫對臺灣古典詩「正典」的追尋〉，《東吳中文學報》第 22 期（2011.11），頁 249-280。

江寶釵：〈日治時期臺灣文人的國民性論述暨其意義〉，《淡江中文學報》第 30 期（2014.6），頁 205-236。

江寶釵：〈論連橫「地方」書寫中的兩種式與寓意：以〈臺灣史跡志〉、〈臺南古蹟志〉為觀察核心〉，《中正漢學研究》第 2 期（總第 26 期）（2015.12），頁 129-160。

江寶釵：〈論連橫對臺灣藝旦文化的考釋與述作〉，《臺灣文學學報》第 31 期，（2017.12），頁 33-61。

呂正惠：〈論李商隱詩、溫庭筠詞中「閨怨」作品的意義及其與「香草美人」傳統的關係〉，收入逢甲大學中文系編《中國文學理論與批評論文集》，臺北：新文豐，1995 年，頁 57-76。

余美玲：〈海東進士施士洁的詩情與世情〉，《逢甲人文社會學報》第 1 期（2001.11），頁 33-54。

余育婷：〈風雅與風流：日治時期臺灣傳統文人的風雅觀〉，《成大中文學報》第 37 期（2012.6），頁 133-158。

李毓嵐：〈日治時期臺灣傳統文人的女性觀〉，《臺灣史研究》第 16 卷第 1 期（2009.3），頁 87-129。

林文龍：〈黃任《香草箋》對臺灣詩壇的影響〉，《臺灣文獻》47 卷 1 期（1996.3），頁 207-223。

林元輝：〈以連橫為例析論集體記憶的形成、變遷與意義〉，《台灣社會研究季刊》第 31 期（1998.9），頁 1-56。

施逢雨：〈「旁通」與「寄託」──兩種解讀詩詞的特殊方式〉，《清華學報》新 23 卷第 1 期（1993.3），頁 1-30。

黃典權：〈斐亭詩鐘原件的學術價值〉，《國立成功大學歷史學報》第 8 期（1981.9），頁 113-141。

黃美娥：〈差異／交混、對話／對譯：日治時期台灣傳統文人的身體經驗與新國民想像〉，《中國文哲研究集刊》第 28 期（2006.3），頁 81-119。

黃美娥：〈日臺間的漢文關係──殖民地時期臺灣古典詩歌知識論的重構與衍異〉，《臺灣文學研究集刊》第 2 期（2006.11），頁 1-32。

黃美娥：〈從詩歌到小說：日治初期臺灣文學知識新秩序的生成〉，成功大學臺灣文學系主編：《跨領域的臺灣文學研究學術研討會論文集》，臺南：國家臺灣文學館，2006。

黃美娥：〈久保天隨與臺灣漢詩壇〉，《臺灣學研究》第 7 期（2009.6），頁 1-28。

吳毓琪：〈傳媒時代的臺灣古典詩壇──日治時期「全臺詩社聯吟大會」的社群文化與文學傳播〉，《臺灣文學研究集刊》第 15 期（2014.2），頁 1-39。

許丙丁：〈臺南教坊記〉，《臺南文化》第 3 卷第 4 期（1954.4），頁 19-32。

詹雅能：〈從福建到臺灣：「擊缽吟」的興起、發展與傳播〉，《臺灣文學研究學報》第 16 期（2013.4），頁 111-166。

廖美玉：〈中國古典詩歌中的自我放逐意識──由幾首「佳人」詩談起〉，《成功大學中文學報》第 1 期（1992.11），頁 211-232。

廖棟樑：〈古代〈離騷〉「求女」喻義詮釋多義現象的解讀〉，《輔仁學誌》（人文藝術之部）第 27 期（2000），頁 1-26。

廖棟樑：〈寓情草木：〈離騷〉香草論及其所衍生的比興批評〉，收入《李毓善教授任教輔大四十週年志慶論文集》，臺北：洪葉文化，2004，頁 321-354。

廖振富：〈連橫《瑞軒詩話》及其相關議題探析〉，《臺灣古典文學研究集刊》第 2 期（2009.12），頁 261-308。

歐麗娟：〈論《紅樓夢》與中晚唐詩的血緣系譜與美學傳承〉，《臺大文史哲學報》第 75 期（2011.11），頁 121-160。

歐麗娟：〈《紅樓夢》之詩歌美學與「性靈說」──以袁枚為主要參照系〉，《臺大中文學報》第 38 期（2012.9），頁 257-308。

謝崇耀：〈連雅堂「瑞軒詩話」介紹〉，《臺灣文獻》第 54 卷第 2 期（2003.6），頁 377-396。